私が勉強を教えてあげま
オト
もら
こういう感

『あっ……だ
真山く
そんなに強
女性のスリーサイズには興味津々なんで
私はオトナですから。好きなところを測

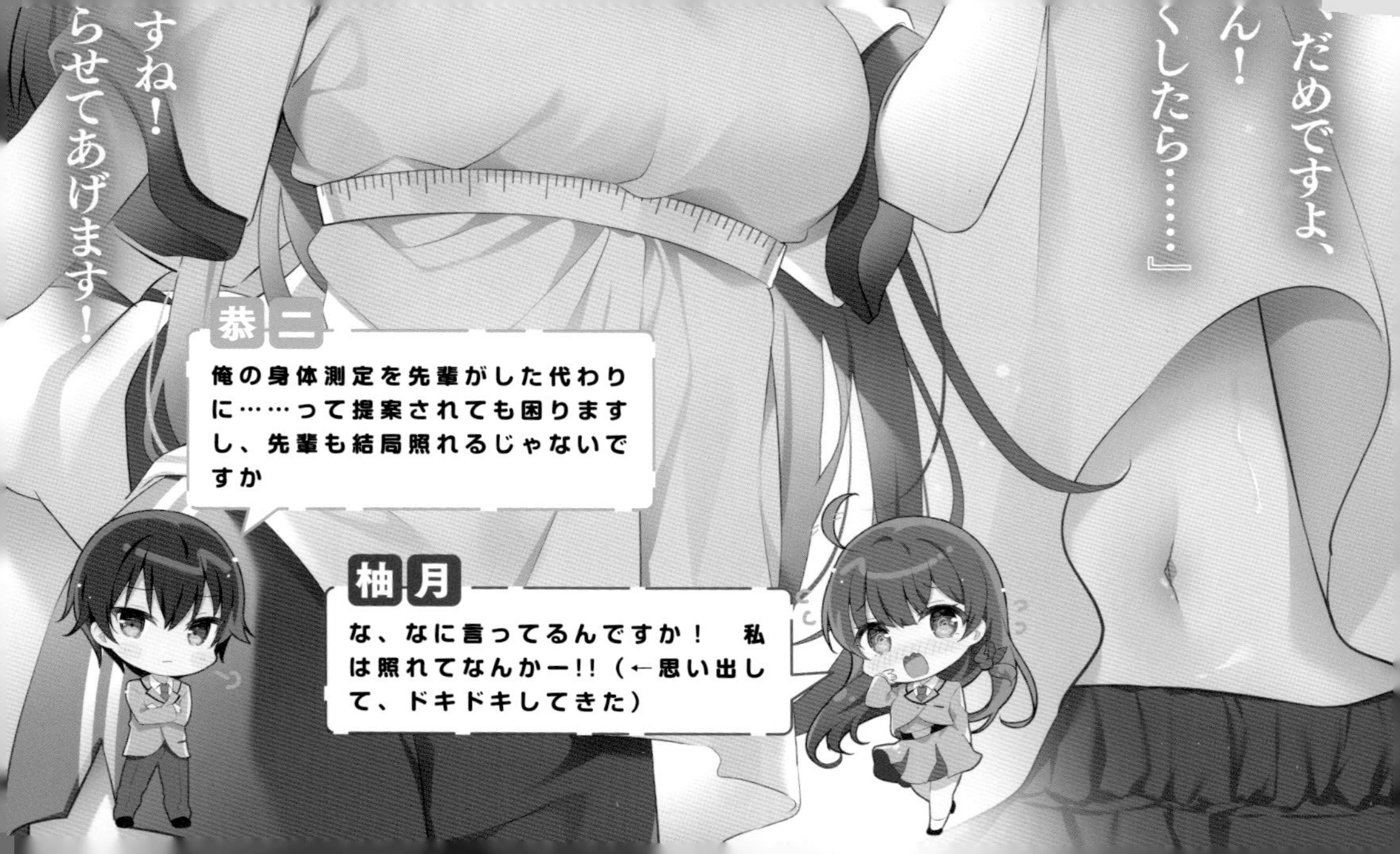
、だめですよ、
ん！
くしたら……』
すね！
らせてあげます！
恭二
俺の身体測定を先輩がした代わりに……って提案されても困りますし、先輩も結局照れるじゃないですか
柚月
な、なに言ってるんですか！　私は照れてなんかー!!（←思い出して、ドキドキしてきた）

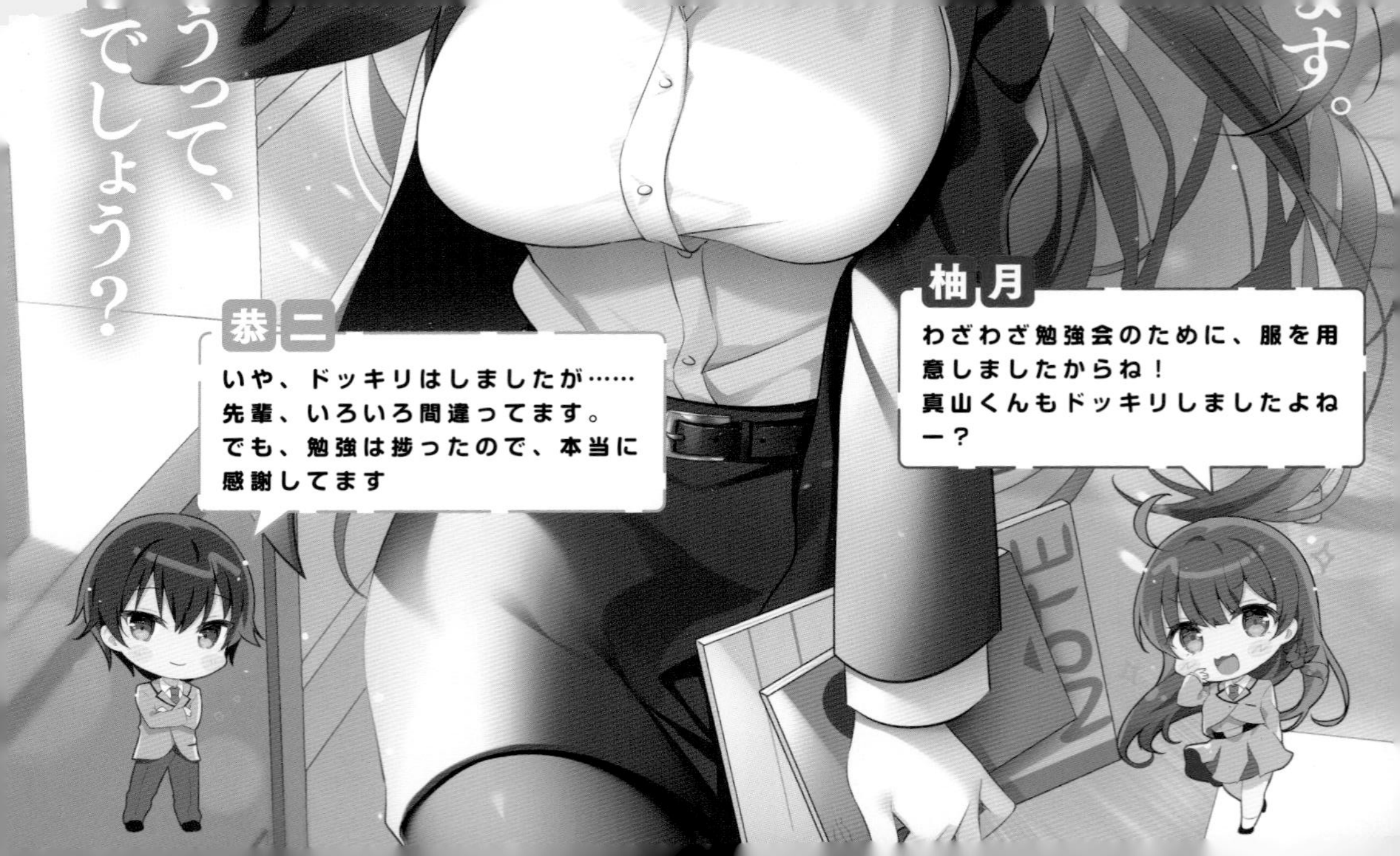
す。
柚月
わざわざ勉強会のために、服を用意しましたからね！
真山くんもドッキリしましたよねー？
うって、でしょう？
恭二
いや、ドッキリはしましたが……
先輩、いろいろ間違ってます。
でも、勉強は捗ったので、本当に感謝してます
NOTE

保健室のオトナな先輩、俺の前ではすぐデレる2

滝沢 慧

ファンタジア文庫

3228

口絵・本文イラスト　色谷あすか

Vol.2

プロローグ……5
第一章　保健室のオトナな彼女（仮）……7
第二章　訪問（するほう）……45
第三章　勉強会……123
第四章　訪問（されるほう）……169
第五章　あの日の続きを、ここから……205
エピローグ……237
あとがき……243

Contents

プロローグ

『先輩。俺と付き合ってください』

それは、あくまで。柚月《ゆづき》の姉を説得するための、フリに過ぎないはずだった。柚月だって、それは織り込み済み……だからこそ、こんな突拍子もない申し出をオーケーしてくれたのだろうし。

付き合っているのは表向きで。実際の関係は今でも変わらず、先輩と後輩。保健室の常連と、保健委員。それだけのはず。

――だから、こんなのは本来おかしいのだ。

自分が柚月の家にいて。二人っきりで、もうそれなりに遅い時間。ただの後輩ならば、お邪魔しました、と告げてさっさと帰るのが相応《ふさわ》しい頃合い……というか、そもそも家に来ること自体がイレギュラーなのだと思う。

なのに、何故《なぜ》。自分は、帰ろうとしたところを、柚月に引き留められているのだろう。控えめに、袖を掴《つか》まれて。そんなに強い力じゃないのに、不思議と振りほどくことも、動くこともできないのだった。じっと見上げてくる視線に絡《から》め取られてしまったみたいに、目が離せない。

無言で見つめ返す中。柚月の唇が、小さく、小さく、動いた。

「お願いだから……まだ、帰らないで」

第一章
保健室のオトナな彼女(仮)

第一話

——真山恭二《まやまきょうじ》は、保健室の常連である。

生まれつき、体が強いほうではない。小学校に上がったときにはもう、教室で友達と過ごす時間より、保健室のベッドで横になっている時間のほうが長かった。そんな自分を変えようと努力したこともあったけれど、こうして高校生になった今も、状況は変わっていない。

けれど。

最近は、保健室に足を運ぶことが、それほど憂鬱ではなくなっていたり、する。

それがどうしてか、なんて。いちいち言葉にするのは、だいぶ気恥ずかしいのだけれども。

◆◆◆

「失礼します」

ドアを開けると、爽やかな風が顔を撫《な》でていく。

換気のためなのか、保健室の窓は全て開けられていて、吹き込む外気がカーテンを揺らしている。五月の半ば。晴れ渡った空から注ぐ日差しは、少し暑いくらいだ。

その日差しに照らされて、白衣を纏《まと》った女性がこちらを振り返る。

「あら。真山くん」

ふわり、と広がる微笑は大人びていて、自然と人を安心させるような包容力があった。光を取り込むように、優雅に風にそよぐ茶色のロングヘア。

白瀬《しらせ》柚月《ゆづき》。この学校の二年生で、恭二の一つ上の先輩にあたる。『保健室の聖母』なんて噂《うわさ》される、学校一の美人にして、優等生。

「どうしたんです？　……どこか具合でも？」

穏やかに微笑《ほほえ》んでいた顔が、心配そうに陰りを帯びた。柚月は保健委員で、恭二が病弱な体質であることも知っているのだ。

「いえ、気にしないでください。いつものやつなんで。ちょっと横になれれば」

「……でも、あまり顔色が良くないように見えますよ？」

考え込むように、柚月はあごに指を添える。

そして、ニッコリと笑顔。

「念のため、熱を測っておきましょう。そこに座ってください」

「平気ですって」

「だめです。真山くんは、意地っ張りなところがありますから」

恭二の反論を笑顔で封殺し、柚月は体温計を手に取った。あらがえない空気を察して、恭二は大人しくベッドに座る。

ニコニコと笑顔はそのままに、恭二の正面に陣取る柚月。

が。

「それじゃ、失礼しますね」

そっと、額に手のひらが触れる。

柔らかくほっそりとした、柚月の指。不意の感触に驚いて、思わず仰《の》け反《ぞ》る。

「ちょっ……！　なんですか、急に」

「ですから、熱を測ってあげようかと」

「体温計使えばいいでしょ……」

「あら？　顔が赤いですね。やっぱり熱があるんですか？　それとも……照れているとか」

くすっと、柚月が笑みを零《こぼ》す。ここぞとばかりに。

大人びた微笑の奥底に、『勝った！』と言いたげな気配が覗《のぞ》いて。あたかもメッキが剥がれるがごとく、子供じみたドヤ感が顔一杯に広がっていく。

「ふふふ。初心《うぶ》なんですね、真山くんは。こんなの、ただお熱を測っているだけじゃないですか。もちろん私は少しも気にしませんよ？　だってオトナですから！　だからほら、こーんなことだって」

言うが早いか、柚月の得意顔が、ぐっと近付いてくる。

多分、額同士をくっつけようとしたのだろう。それこそ、熱を測ってやるつもりで。

……『多分』、なんて言ったのは、その目論見《もくろみ》が達成されなかったから。

なぜなら、額が触れるよりも早く。恭二が、顔の近さに動揺を見せるよりもっと早く。

「…………う、うにゃ」

柚月の動きがピタリと停止して。火照《ほて》りが伝わってくるほどに、その顔が真っ赤になったからだ。

「に、にぅ……！　うにっ……」

唐突に海産物の名前を口走って、柚月はそのまま硬直。頬はいよいよ紅潮し、柚月のほうこそ熱があるんじゃないかと心配になってくるほどだ。

固まって動かない……というか動けない柚月から、恭二はそっと体を離しつつ。

「……いつも言ってるじゃないですか。自分で恥ずかしくなるくらいなら、そういうのやめましょうって」

「は、はじゅっ、はじゅかちくなんてないもん‼　私はオトナなんです‼　このくらい慣れてるんですっ」

うー、と。駄々っ子そのものの顔で、柚月が言う。

優雅で大人で優等生。いつも穏やかに微笑んで、滅多なことでは動揺なんてしない。優しくて頼りになる、皆の憧れの『聖母様』。

その彼女が。本当は、ちっとも『オトナ』なんかじゃないと知ったのは、つい最近のことになる。

『オトナなんです！』なんて言い張るのは背伸びもいいところ。実際は恋愛経験なんてちっともないし、負けず嫌いで見栄《みえ》っ張《ば》りで、褒められれば子供のように無邪気に笑う。いつも恭二をからかおうとしては盛大に自爆して真っ赤になる、一つ年上の先輩。

それが、真山恭二にとっての、白瀬柚月という人物。

ずっと昔に仲良くなって、生まれて初めて『好き』と言ってもらって。でも、その気持ちに応えられずに傷付けてしまった、初恋の女の子。

「いいですか⁉　私は本当に恥ずかしくなんかないんです！　ないんですけど！　でも、あんまりいじめても真山くんが可哀想《かわいそう》ですから！　今日のところはこのくらいで勘弁してあげましゅ！」

顔中を真っ赤にしたまま、柚月は捨《す》て台詞《ぜりふ》を残して保健室を飛び出していった。まるで子供向けアニメの悪役のような言いよう。まさかこんなテンプレ台詞を現実で聞く日が来ようとは、恭二も少し前まで思いもしなかった。これまた、二人にとってはいつものこと。

……と。保健室のドアが急に開いて、警戒する小動物のように顔を覗かせたのは、出て行ったばかりの柚月。

「えっと……でも、ちゃんと熱は測ってくださいね？　それで。具合が悪くなったら、すぐに私を呼ぶんですよ？　約束ですからね？」

未《いま》だに赤みの引かない顔でそんなことを言って、柚月はそろそろとドアを閉めていく。

一人残されて、今度こそ静かになった保健室で。恭二はそっと、さっきよりも熱くなった気がする頰を掻《か》いた。

ちょっとだけ安心する。あと一歩、柚月がドアを閉めるのが遅かったら、この顔も見られてしまっていただろう。それは、なんかこう……なんかだ。

（……とりあえず）

保健委員の言いつけは、守らないといけないので。恭二は大人しく、体温計に手を伸ばした。

その頃の柚月《ゆづき》

「うにゃあああああ！　こんなはずじゃないのにー！　にー!!」

ドタバタバタ、と柚月が暴れるたび、ベッドフレームが抗議するように軋《きし》みを上げる。

学校から目と鼻の先の、とあるお高いマンション。そこが柚月の自宅だった。実家が学校から遠い事情があり、高校生ながら一人暮らしの毎日。

だからこそ、こうして今日の出来事を思い返して暴れていても、誰からもツッコミを入れられずに済んでいるわけだが。

「何よー、何よーもー！　真山《まやま》くんのくせにー！　私がドキドキしてるんだから、そっちだって少しは照れてもいいじゃないのよー！　不公平でしょー!!」

ここにいない当人の代わりに、枕をボスボス殴ってやる。脳裏に思い浮かべるのは恭《きょう》二《じ》のこと。

体が弱く、保健室の常連で、でも、人にはあまりそれを話したがらない。一見ぶっきらぼうだけれど、本当は人に頼るのが少し苦手なだけ。素っ気ない態度を取ってみても、端々に優しさを隠しきれない、不器用で意地っ張りな後輩。

それが、白瀬《しらせ》柚月にとっての、真山恭二という人物。

ずっと昔に仲良くなって、生まれて初めて『好き』と言って。でも、その気持ちは結局届かなかった、初恋の男の子。

そもそも、柚月が『オトナになってやる!!』と固く決意したきっかけだって、恭二にフラれた悔しさからだ。高校で再会したのは偶然だけれど、そんな恭二に対し、柚月が、『オトナになった私の魅力でデレさせてやるわ精々ドキドキしてあたふたして真っ赤になってうにゃうにゃ言いなさいオーッホッホッホッホ!!』

……などと悪役令嬢みたいな高笑いしてしまいたくなったとしても、当然の成り行きと言えるだろう。

しかし、その目論見《もくろみ》は目下のところ、成功しているとは言えないわけだが。

「うー！　お姉ちゃんを説得してくれたから、ちょっとくらいは許してあげてもいいかなと思ってたのに……！」

一人暮らしを姉に反対されていた柚月を、恭二が助けてくれたのは少し前のことだ。

『俺は、いいと思います。見栄《みえ》張《は》って、頑張ってる先輩も』

そう言って、恭二は柚月の気持ちを尊重してくれた。そして、姉を説得するために、『先輩のことは俺が支えますから』と、柚月と付き合っているフリをしてくれたのだ。

『本当に大丈夫？』と心配され、諦めるよう説得されるばかりだった柚月にとって、そんな風に味方をしてもらえたことは――できると信じて、応援してもらえたことは、初めての経験で。

だから。自分はオトナなのだし、過去のことは水に流してあげてもいいかなって。フリとは言え、付き合っていることになったのだし。もっと、普通に優しくとか、イチャイチャとか、ラブラブとか。そういうのをしてみてもいいかなと。思って。いた。が。

「いいわよ！　そっちがその気なら、こっちにだって考えがあるんだから‼」

決意と共に、柚月はすっかりぺたんこになった枕に、とどめの一撃を放つのであった。

第二話

「ところで、真山《まやま》くん。今日はなんだか暑いですね」

「……そうですか？　昨日に比べたら過ごしやすいと思いますけど」

脈絡のない、かつ、なんか含みのある切り出し方に、恭二《きょうじ》は嫌な予感を抱く。

今日もまた、保健室のお世話になっている恭二であった。季節の変わり目のこの時期、寒暖差が激しい日も多い。体が強いほうじゃない恭二には、そういうちょっとした環境の変化も、人並み以上に応えたりする……そんな自分が情けなくなるときも、あるのだけれど。

しかし、柚月《ゆづき》の完璧に穏やかな――だからこそ怪しすぎる笑みの前では、そんな感傷に浸っている暇もない。

恭二がじっと見つめ返すと、柚月は笑顔を崩さないまま不自然に咳払《せきばら》いして。

「わ、私には暑いんです！　こういうのは個人差がありますから」

「まあ、そりゃそうですね」

「ええ、そうです！　あー、暑い暑い！　暑いなー！　もう暑くて耐えられない――」

って開けてやる。

「じゃあ窓開けましょうか。風が入ってくればだいぶ違うと思いますし」

保健室の窓はベッド側。ベッドに腰掛けていた恭二のほうが近い位置なので、立ち上がって開けてやる。

カララ、と窓枠がサッシを滑る音に紛れて、「えっ」と柚月の声がした気がした。

「え？　開けたらマズかったですか？」

「い、いえ……いいんです、けれども……」

明らかに『全然良くない‼』という顔をして、柚月が言う。

しかし、恭二が異変を指摘する前に、柚月は気を取り直したようだった。不満一杯の表情を引っ込め、再び、『ニコリ』と聖母の笑み。

「ありがとうございます、真山くん。……でも、窓を開けても暑いですね！　こんなに暑いと、もう白衣を脱いでしまうしかありませんね！」

言いながら、柚月は言葉通り白衣に手を掛けた。『するり……』とやたらゆっくりと肩を抜いて、なんだか見せ付けたいよう……と思ったら。

「…………（チラッ）」

落ち着かない瞬《まばた》きの合間に、時折投げて寄越される視線。

それで、大体のことは読めた。多分、『ふふん、どうですか！　脱いでいますよ！　ドキドキするでしょう！　しなさい‼　して‼　してってば‼』みたいなことを考えているのだと思う。

　けれど、いくら思春期の男子高校生だって、制服の上に羽織っていた白衣を脱がれたくらいで露骨に動揺はしない。……いや、中には『それがたまらん！』というヤツもいるかもしれないが、とりあえず恭二は違う。

　恭二が冷静なのがお気に召さなかったのか、柚月は半端《はんぱ》に白衣を引っかけたまま、『むっ』と頰を膨らませた。

　そして。

「あーー！　暑い、暑い！　上着も脱いじゃおうかなーー！」

　若干慌てた様子でバタバタと上着を脱ぎ、再びこっちをチラ見する。しばらく目を合わせた後、不服そうに『むぐぅ……』と眉を寄せる。

「ネ、ネクタイも……外しちゃおっかなぁ！　ちょっと大胆かもしれないけど、暑いし！　私はオトナですからこのくらいは大したこと――」

「そうですか。じゃあ俺は休むので」

　皆まで言わせず、ベッドを囲うカーテンを閉めた。このまま続けたら、引っ込みの付かなくなった柚月が何をしでかすかわからなかったし。

何より、さすがにネクタイまで緩められるとなると。

(いや、違う違う……余計なこと考えるな)

大人しく横になろうと、恭二はベッドに体を倒す。

柚月がカーテンを開けてきたのは、その直後だった。

一瞬焦《あせ》ったけれど、ズンズンとベッド脇にやってきた柚月は、単に制服の上着を脱いだだけのシャツ姿。特に露出過多でもなく、とりあえずホッとする。

「えっと……先輩?」

「……違いますから」

「え?」

「な、何も……真山くんが全然反応してくれなかったことが不満とか、そういうんじゃありませんから! 『私はそんなに魅力ないのかな……』とか、そんなことも気にしてないですから!」

……なんて、言い出す柚月は、完全に拗《す》ねた顔で。恭二も慌てて体を起こす。

「いや、そういう意味じゃ……。そもそも、人が脱いでるところをジロジロ見てたら、ただの変態じゃないですか」

「そうですけど! そうだけどぉ……!」

むー、と唇突き出して、柚月も柚月なりに、自分がむちゃくちゃ言っている自覚はあるらしい。恭二の横のベッドに腰を下ろして、ぎゅっとスカートを摑《つか》む手は今にもジタバタと暴れ出しそうだ。

「……先輩に、魅力がないなんてことはないですよ」

目は合わせられなかった。こんな台詞《せりふ》は、どう繕ったって恥ずかしい。たとえ、変な意味はないのだとしても――そう、自分に言い聞かせても。

救いだったのは。柚月がパッと顔を上げて、満足そうに頰を緩ませてくれたこと。少なくとも的外れなことを言ったのではないと、その表情が教えてくれる。

「そ、そうですよ？　私は、オトナなんですから！　そんな私とこうして二人っきりでいられる真山くんは、とってもラッキーなんですからね。他の人にはこんなことしないんですから！　覚えておいてくださいね！」

「え？」

恭二が目を丸くしたのと、柚月が『はた』と固まったのは同時だった。

沈黙の中、柚月の目の中心が渦を巻く。火山が噴火するように、燃えるような赤色が首元からぶわーっとせり上がっていって。

「きっ……今日のときょろは！　これでかんべんちてあげましゅ……‼」

最早《もはや》捨て台詞さえ言えなくなって、柚月は飛び上がるように立ち上がった。そのますごい勢いでカーテンの向こうへ姿を消す。

でも、恭二だって、引き留めたりできる余裕なんかなかった。だって。

『真山くんだけなんですから』

余計なことを考えない、なんてのは、どだい無理な話なのだった。

◆◆◆

結局、恭二がベッドを出るまで、柚月はカーテンの向こうで静かにしていた。

しかし、それは冷静だったとか落ち着いているとかそういうわけではなかったようで。

恭二が身支度を終えて顔を出すと、イスに腰掛けていたその背中が、ぴょん！と跳ねる。

「あ、真山きゅっ――真山くん！ええと、もう具合は大丈夫なんですか？」

「えっと、はい。おかげさまで」

これだけのやり取りにも、妙にギクシャクしてしまう。こうしている間も、恭二の頭の中は、先ほどの発言の意味を問いただそうかどうしようかという考えで一杯だ。

でも、聞いてみて。それで、どうなるっていうんだろう。

あんなのはちょっとからかってみただけです。本気にしちゃって子供ですね——なんて、いつもみたいに大人ぶられるなら、まだいい。

でも、そうではなかったら。

たとえば——。

思考を中断させたのは、ドアを開ける音。

ノックもなしに部屋に入ってきたのは、恭二のクラスの担任だった。

「お。白瀬《しらせ》に……真山か。なんだ、お前。また体調崩したのか？」

「まあ、そんなとこです」

ちょっと慌ててしまうけれど、担任は別段、二人の様子を訝《いぶか》しむ風でもない。……いや、恭二自身、何を慌てる理由があるんだと聞かれると困ってしまうが。

「体、弱いんだっけな。ちゃんと飯食ってるか？　朝飯しっかりとるだけでもだいぶ違うもんだぞ」

「食べてますって」

「だったらいいんだが。ただ、そんなに授業休んでばっかじゃ、勉強ついてくのも大変だろ」

「大丈夫ですよ。自習はしてますし、先生達に迷惑は掛けないようにするんで」

「そうか？　……まあ、お前の事情はこっちも把握してるし、多少の融通は利《き》かせてやれる。結果が散々でも気に病むなよ。お前はお前のできる範囲でやればいいんだからな」

「いや、だから一応自習はして……まあ、いいですけど」

なんだか、試験を受ける前から『どうせだめだろうけど』と決め付けられている気配を感じなくもない。これでも一応、中学時代の成績はそこまでひどいものではなかったのだが。

けれど、そう思われるだけの素地が自分にあることも事実だ。……こういう時、こっちから何か言ったところで、『無理しなくていい』とあしらわれるだけなのだということも。

担任だって、別に悪意で言っているわけじゃないのだ。そのくらいはわかるから、恭二は大人しく、担任の言葉に頷《うなず》く。心の奥底に燻《くすぶ》る、モヤモヤとした思いに蓋をして。

「体力つけたいってことなら、筋トレなんか初めてみるのはどうだ？　みんな面倒くさがるがな、楽しいもんだぞ意外と。やればやるほど筋力付いてくるのがわかってな。ほれ見ろ、俺なんかこの通り――」

「先生」

快活に笑い飛ばす声を遮ったのは、柚月の声だった。

驚いたのは。その声に、はっきりとわかる苛立《いらだ》ちが混じっていたことで。

「お、おう……どうした、白瀬」

「いえ。先ほどからおしゃべりばかりされてますけど、一体どのようなご用件なのかと。まさか肉体自慢をされるために保健室にいらっしゃったわけではありませんよね？」

あからさまにたじろぐ担任に、柚月はニッコリと微笑《ほほえ》む。

しかしその笑顔も、いつもの聖母然とした穏やかな笑みとは全く違う。思わず後ずさりたくなるような、強烈な威圧感を放っていた。

その圧を、無言のままに強めながら。

「それと……生徒のプライベートに過度に口を出すのは、いくら担任の先生でもいかがなものかと思いますよ？」

「いや、そんな大袈裟《おおげさ》な……俺はただ筋トレを勧めただけで」

「それは裏を返せば、『今のままではだめだ』と否定しているようにも受け取れますね。海外ならモラルハラスメントで問題になっていてもおかしくありません。いえ、たとえ国内でも、ＳＮＳでそんなことを呟《つぶや》こうものなら袋叩《ふくろだた》き待ったなしです。今後は控えたほうがいいかと」

「そ、そうか……悪かったな、真山」

「いえ、別に俺は気にしてないんで……」

最早担任は柚月の迫力に完全に負けていた。縮こまるようにして頭を下げられ、恭二もちょっと困ってしまう。

しかし柚月は容赦しないのだった。追い打ちをかけ、むちを打つような声が掛かる。

「それで先生、ご用件は？」

「いや、養護の先生に話があったんだが……いないみたいだしな、後にしよう。それじゃ、俺はこれで……」

すごすご、という形容が相応《ふさわ》しい萎《しお》れた様子で、担任が保健室を出て行く。

足音が遠ざかるまで、柚月は張り付いたような笑みでじっとドアを見つめていたが、やがて。

「真山くん！　除菌シートを取ってください！　消毒です！　殺菌です！」

「何するつもりかなんとなく予想付きますけど、多分それは無駄遣いです。やめましょう」

「じゃあいいです、代わりに窓を開けます！　空気が淀《よど》みました！」

恭二を半ば放り出して、柚月はバタバタと窓を開け放っていく。

「……なんでそんなに怒ってるんですか」

「だって！　失礼じゃないですか！　人の気も知らないで、勝手ばっかり言って！　真山くんこそもっと怒りなさい！」

「別に俺は……いつものことなんで」

それに、目の前の柚月が恭二なんかよりはるかに怒っているから。感情的になっている人がそばにいると、自分は冷静になれるものだ。

……というか。

「……先輩は」

俺のために怒ってくれてるんですか、って。そんな言葉が、喉までせり上がる。

でも、結局口には出せなかった。言って、ただの勘違いだったら恥ずかしいというのもある。

けれど、それ以上に、指摘したら、柚月は我に返ってしまう気がしたのだ。いつものように照れて、慌てて、この時間が、今のやり取りが、うやむやになってしまいそうで。

「もう許しません！　いいですか、真山くん！　こうなったら、私と真山くんで力を合わせて、あの先生を見返してやるんです！」

「見返すって、どうやって」

「さっき先生が言っていたじゃないですか、次の試験がどうとかって。中間試験で、真山くんが学年一位をとるんです！　そうすれば、担任の先生だって『俺が悪かった』と素直に土下座する気になるに違いありません！」

「いや、そんなことされても逆に困るんですが……。第一、俺の成績で学年一位は無理ですよ。いくらなんでも」

担任が言っていたとおり、授業に出られないことも多いものだから、人より勉強が遅れがちなのだ。なんとか赤点だけは回避しているけれど、これ以上成績を上げろと言われるとキツい。

「わかっています。何も真山くん一人で頑張れとは言いません。言ったじゃないですか、私達二人で見返すと」

「……ってことは」

「ええ。私が、真山くんに勉強を教えてあげます。中間試験まで、つきっきりでみっちりと！」

第三話

『私が、真山《まやま》くんに勉強を教えてあげます』

って言われても。

放課後。言われた通りに保健室に向かいながら、恭二《きょうじ》は思案にくれる。

別に悩むようなことは何もないはずなのだ。柚月《ゆづき》が勉強できるのは事実なのだし、教えてもらえるなら願ったりではある。あるのだけれど。

(でも先輩だしなぁ……)

自信満々だった、柚月の顔を思い返す。どうにも、嫌な予感が拭えない恭二だった。

「先輩、俺です」

「あら、真山くん。どうぞ、もう準備はできていますよ」

朗らかな声に出迎えられ、ドアを開け、

「失礼しま――」

即座に閉めた。

すぐさま、柚月が中からドアを開けてくる。照れて……ではなく、怒りに顔を真っ赤にして。

「どうして私と目が合った途端に閉めるんですか!?　失礼じゃないですか！」

「すみません。様子のおかしい人がいたもので」

──女教師、である。

何がって、柚月の格好が。

スーツを身にまとい、手にはどこから入手したのか、いかにもな教鞭《きょうべん》を構えている。もう片方の手には教科書を携え、得意げに『フッ』と微笑《ほほえ》んでみせれば、その様は大人の魅力で生徒を虜《とりこ》にする魅惑の女教師そのものだ。

ただし、それは本職の人がやるからこそ様になるわけで。自分と一つしか歳《とし》の違わない先輩に、こんなコスプレそのものの格好で迫られても、真顔になってしまうだけというか。

「……先輩、あの。その格好は一体」

「ふふふ。どうですか、真山くん。勉強をするのであれば、それに相応しい格好をしなければいけませんからね」

どうと言われても、リアクションに困るだけなのだが。

というか。学校の保健室で、そんな格好して後輩を出迎えるという行いに対して、柚月自身は何かがおかしいと思わなかったのだろうか。

恭二が無の表情になっているのに気付いたのだろう。柚月は『あれ……？』と言いたげに目を瞬《しばた》かせ、自分の格好を見下ろす。前を見て、後ろも見て、ペタペタ体を触り。

本人的にはそれで満足したのか、『よし！』みたいに頷いてから、もう一度。

「ふふふ。どうですか、真山くん。私のオトナの女っぷりがあまりにもオトナすぎて声も出ませんか、うふふふ。ドッキリしましたか、ふふふ！」

「まあ、違う意味でドッキリはしていますが」

こんなところを人に見られたら、二人まとめて学園生活が終わるな、という意味で。

「な、なんですか、その目は！　この格好がどこかおかしいとでも言うのですか！」

「どこかっていうか、その格好そのものがもうおかしいというか」

「ど、どうして⁉　だって、オトナの女の人に勉強を教えてもらうってこういう感じでしょう⁉」

「どこ情報なんですか、それ」

こんなはずじゃないのに、みたいな顔で、柚月は「うぅ……！」と呻《うめ》く。

「なんでぇぇ……。こ、このために、服だってわざわざ買ったのに！　眼鏡だって用意したのに！　ほら、どうですか！　タイトスカートですよ！　こういうのオトナな感じでしょう！　それとも、私なんかお子様だから似合ってないとでも⁉」

「いや、まあ……似合っているとは思いますけど」

それ以前の問題なのだということをわかってほしい。ＴＰＯ大事に。

「……とりあえず、勉強教えてください。そのために来たんですから」

「あ、あら。真山くんはせっかちですね。い、いいでしょうとも！　そこまで言うなら、真山くんには特別に、私が手取り足取り保健体育の授業を――」

「あはは。冗談やめてくださいよ、あははは」

「どうして笑うんですかどうして‼」

というか、だ。

「大体、保健体育って何を教えてくれるつもりなんですか。自分だって経験ないでしょ」

「し、しつ、しちゅれいな！　そんなことを言っていられるのも今のうちなんですからね！　真山くんが知らない女の子のヒミツをあれやこれやと……！」

大口叩《たた》いてみせる柚月だが、恭二がツッコミ入れる前に、自分の発言の大胆さに自分で気付いたようだった。ぷしゅっ、と頭から湯気が吹き上がって、そのまま勢いが萎《しぼ》んでいく。

「き、今日のところは」

「はい、勘弁してくれてありがとうございます」

「で、でも！　私が本気を出したらすごいんですからね！　オトナなんですからね！　真山くんが知らないあんなことやこんなことまで色々知っているんですから！　いざという時になってやっぱり教えてほしいとか、そんなこと言っても許してあげませんからね‼」

「……わかりましたんで、勉強始めていいですか」

「わかりました。じゃあそこに座ってください」

ふくれっ面《つら》を絵に描いたような顔で、柚月が奥のソファを指差す。

「え？　ここでやるんですか？」

「この時期、図書室は混んでいますし。心配しなくても、先生から許可はいただいていますよ」

そんな理由で保健室に居座っていいのだろうか、と思うが、柚月はさして気にしていないようで、躊躇《ためら》う恭二を見てくすりと笑う。

「大丈夫ですよ。ベッドを占有するわけじゃありませんし、誰か来たらすぐに応対します。

むしろ、私がここからいなくなったほうが困るでしょう？　先生が戻るまで無人になってしまいますし」

「そう、ですけど……」

「真山くんは、そういうところは融通が利《き》かないんですね」

「……真面目なんですよ、俺は」

ちょっと口答えをしてみるけれど、柚月は微笑むばかりだ。

少し前を考えれば、こんな風に子供扱いされるのは珍しいことではなかったのだけれど。

柚月の子供らしい面に慣れてきてしまったせいか、たまにこうして、『本当に大人びた対応』をされると、なんだか前以上に悔しい。

しかし、今の柚月は珍しくしっかりオトナモード。下手に言い返しても上手《うま》いことかわされそうで、恭二は大人しく口を噤《つぐ》んだ。

「さて。今日は初日ですし、得意な教科から始めていきましょうか。真山くん、得意科目は？」

「……特にないです」

「わかりました。なら、一番苦手意識のない科目はどれですか？」

呆《あき》れられるかと思ったのに、柚月はなんでもないようにそう返してきた。恭二が顔を上げると、答えを急ぐでもなく微笑む。

『大丈夫ですよ』って、まるでそう言い聞かせるみたいに。

なんとなく、顔を見られているのが落ち着かなくなって、少し俯《うつむ》きながら「数学」と答える。

……本当に、急に雰囲気が変わるから、調子が狂うのだ。これで格好がコスプレ女教師でなかったら、看板に偽りのない『大人な先輩』に見えたろうに。

なんだかんだ、柚月は教えるのは上手く。その日の勉強は、それなりに捗《はかど》った。

その後の柚月《ゆづき》

かつて、アメリカの大統領を務めたドワイト・アイゼンハワー氏はこんな言葉を残したという。『計画そのものに価値はない。計画し続けることに意味があるのだ』と。

つまり、一度で完璧な計画を立てられることはなく、全ての物事が計画通りにいくこともまずない。多少想定外があっても、こんなはずじゃなかったとしても、状況に応じて常に新しい計画を立て続けていくことが大事なのだと、柚月はそういう意味に解釈している。

まるっと、昔読んだ本の受け売りなのだけれども。


というわけで、いつもならとっくに寝ている時間の深夜零時過ぎ。スマホの画面を見つめながら、柚月は次なる計画について早くも動き出していた。

ぐーっと知らず知らず前のめり。画面に顔を近付けて、眠りを妨げるブルーライトを惜しげもなく顔中に浴びながら、見つめているのはとあるランジェリーブランド。の、公式オンライン通販。

残念ながら、女教師姿で恭二《きょうじ》をドッキリさせる作戦は失敗に終わった。格好には何もおかしなところはなかったはずなので、多分、色気がちょっとばっかし足りなかったのだと思う。

この反省点は今後の計画に活かすとして、今はひとまず、次の手をどうするかだった。

女教師で足りないのなら、もっと攻めてみるより外にない。こうググッとガガッと、懐《ふところ》に入り込んでアッパーみたいな感じ（※フィーリングでお送りしています）。

故にこそのオンライン通販。ならばこそのランジェリーであった。

（ここまでやれば、いくら真山《まやま》くんが鈍くてもドキドキせざるを得ないはず!!）

メロメロのデレデレになる恭二の姿を想像し、柚月は満面のドヤ顔。

（ふっふーん、見てなさい！　私のオトナな魅力を思い知って、精々ドキドキすればいいんだわ！）

意気揚々と、柚月は購入ボタンに指を伸ばすが。

（……あれ？　でも待って。それってつまり、真山くんに下着姿をみせるってことよね？）

それはつまり、どういう状況なのだろうか。

（え。私、保健室で脱ぐの……？　そ、それはさすがにちょっと……でも、じゃあどこで見せる？　ウチに呼ぶとか……？　でも、それはそれでなんか！　なんか!!）

後輩の男子を家に呼びつけて、下着を見せ付ける女。改めて言葉にすると犯罪臭がすごい。

それに、それにだ。

呼びつけて、見せ付けて。それで本当に、恭二がメロメロのデレデレのギンギンになってしまった場合、どうすればいいのか。どうなるというのか。

だって自分達は男と女。彼氏と彼女。そこに下着姿まで加わるとなれば、行き着く先は一つしかないではないか。

すなわち。

『先輩……！　こんなの見せられて、俺、もう我慢なんてできません！　俺はずっと先輩のことが……』

『だ、だめですよ、真山くん！　そういうことはちゃんとオトナになってから……！』

『だったら……先輩が俺をオトナにしてください』

『真山くん……』

『先輩……』

「きゃーあああああ！　あー!!　にゃあああー!!」

わけもわからず、柚月は自分で自分にビンタ。そのまま『どべしゃっ』と床にひっくり返る。

「ちがっ、ちがががが。あばばばば」

そうではない。断じてそういうんではない。

……そういうんでは、ないけれども。

何度も言うように、自分達は付き合っているのだからして。柚月は全然ちっともそんなつもりなんてないけれども、何しろオトナの女であるからして。恭二がどうしてもというのであれば、年上らしく、彼女らしく、大らかな心で受け入れてあげないこともない、かもしれない。

のそのそと起き出して、柚月は手からすっぽ抜けていたスマホを拾う。通販サイトは一旦閉じて、それから。

その日、検索エンジンに打ち込んだワードの数々は、墓にまで持っていく一生の秘密である。

第二章
訪問（するほう）

第四話

「真山《まやま》くん。今日の放課後ですが、勉強の前に体操着に着替えておいてくれませんか？」

「いいですけど、なんでまた？」

「今日、校医の方が学校にいらっしゃるそうなんです。真山くん、春先の健康診断を休んでいたでしょう？　代わりに今日受けるようにと、養護の先生から伝言です」

　と、柚月《ゆづき》に言われたのが今日の昼休みの話。

　時は流れて、現在は放課後。の、教室。

「へー。健康診断って、お休みするとそういう風に言われるんだねぇ。知らなかった。トラくんは知ってた？」

「いや、俺も知らねえな。つか考えたこともなかった。受けなきゃいけねえもんなのな、ああいうのって」

　勉強になったねー、なー、と、頷《うなず》き合う寅彦《とらひこ》・ゆかりのカップル。

雑談の合間にも、寅彦の手は意味もなくゆかりの頭を撫《な》で、ゆかりもゆかりで、疑問に思う様子もなくそれを受け入れている。今日も今日とてマイペース、恭二《きょうじ》が目の前にいるとか微塵《みじん》も気にしていなさそうな二人だった。

「中学ん時は自分で病院行って受けてこい、だったけどな。多分それが普通だと思う。校医が学校に来るとか滅多にないみたいだし」

「だったらついてたんだな、今日は」

「……かもな」

でも、本当は、柚月が何か口添えしてくれたのかもしれない。校医が来る用事があったのは偶然だとしても、そのついでに健康診断もやるというのは、学校側にとっても手間だろうし。

真偽はわからない。聞いても答えてはくれないと思う（顔に出ないかどうかは別として）。普段はここぞとばかりに『私はオトナ』と自慢したがるくせに、こういうことは、自分からは絶対言おうとしない人だ。

そういうところは、本当に昔のままで――。

「…………」

「…………」

「……なんだよ」

ふと気付くと、寅彦とゆかりが無言でこっちを見ていた。幼子を見守るような、慈愛深い、しかしそこはかとなくムカつく眼差《まなざ》し。

恭二が見つめ返すと、二人はそっくり同じ笑顔で『いやいや、なんでも』と、顔の前で手を振るのだった。何かこう、非常に釈然としない。

が、このままここにいても、状況は悪化するだけの気がした。

ので、恭二は諦めて席を立つ。

「……着替えてくるよ」

「おう、行ってこい。俺らも帰るか」

「うん！　じゃあねー、真山くん」

更衣室へ向かい際。チラッと振り返ると、仲良さそうに寄り添って歩く、二人の姿が目にとまった。

◆◆◆

なんだか当てられたような気持ちになりつつ、ジャージに着替えて保健室へ向かう。

「失礼します」

「はい、どうぞ」

ドアを開けてくれたのは柚月だった。「ちゃんと来てくれましたね」と、微笑《ほほえ》む。まるで子供に言って聞かせるみたいだ。

「そりゃ、来いって言われましたし。黙ってサボるほど不真面目じゃないです」

「ふふふ、そうですね。よくできました。真山くんはいい子ですね」

いつになく子供扱いしてくる柚月を横目に見つつ、保健室の中に入る。校医らしき年配の医師が、「君が真山くんだね？」と恭二に笑いかけてきた。

「白瀬《しらせ》さんから色々と話は聞いたよ。じゃあ、診させてもらうから。先に身長と体重を測ってきてくれるかな」

「……よろしくおねがいします」

一体何を聞いたんだろうか。気になりつつも、指示に従って隣室へ向かう。身長計などの器具は、そちらの部屋にあったはずだ。

……それはそうと。

「ところで、先輩はそこで何を」

「あら、私は保健委員ですよ？　お手伝いに決まっているじゃありませんか」

測定器の前。まるで看護師か何かのように恭二を促しながら、柚月がニコニコと笑う。楽しそうに。

「ふーふふふ！　それじゃあ真山くん、身長を測りましょうねー。上履きを脱いで、そこに背中をくっつけて、前を向いてください。自然に立ってくださいね？　ずるをしちゃだめですから」

「わかってますって……」

逐一指示を出す柚月は完全に子供のお世話をする口調で、どうやらこれが上機嫌の理由らしい。恭二が不満を顔に出しても、狼狽《うろた》えるどころかますます嬉《うれ》しそうだ。

「それじゃあ身長を測って……あら。あらー、そうなんですかー。へー、ふーん。なるほどー」

「……わざとらしいリアクションしてないで数値教えてくださいよ」

「いーえ！　こういうのはちゃんと保健委員の私がやらないと。男の子は見栄《みえ》っ張《ぱ》りなところがありますからね。盛った数値を書かれては困りますし」

それならさっさと済ませてくれればいいのに、柚月は恭二の背中を眺めているばかりで、一向に数値を書き取ろうとしない。

下手に反応したら負けのような気がして、恭二はあえての無言を貫く。

背中に指の先が触れたのは、その矢先。

「ちょっ⁉　な、なんですか⁉」

「だーめ。動かないでください。ほら、ちゃんと背筋を伸ばして」

細く、柔《やっこ》い指が、恭二の肩に添えられる。

「真山くん、ちょっと猫背気味なんですね。もうちょっと胸を張るようにしたほうがいいですよ。そうすれば、少しは身長も伸びるんじゃありませんか？」

笑い混じりの口調はからかう風なのだけれど、恭二はそれどころではない。そうこうしている間も、柚月の指はいたずらするように背筋を辿《たど》ってみたり。くすぐったい、というよりも、とにかく落ち着かない。

「ちょっと……！　いたずらしないでくださいよ！　セクハラなんじゃないですか、それ！」

「な、なんですか、人聞きの悪い！　このまま測定したら真山くんが損をしてしまうと思って、オトナな私がアドバイスをしてあげているというのに！　そんなことを言うと小さく書いちゃいますからね！」

「オトナがそんなせこいことしないでくださいよ！」

ツッコミに応えはなく、カリカリとペンを走らせる音が聞こえる。果たしてきちんと数値通りの値を書き込んでくれたのかどうか。

「それじゃあ次は体重ですね。そこに乗って——え、嘘《うそ》!?」

恭二が体重計に乗った途端、柚月が素っ頓狂な声をあげた。

「先輩？　え、どうかしたんですか……？」

「い、いえ、ちょっと……」

「……真山くん。もう一度、測り直してもらってもいいですか」

深刻な様子で体重計を眺め、柚月はしばし、無言。

「あ、はい」

柚月の異様な雰囲気に首を捻《ひね》りつつ、一度体重計から降りて、また乗る。

「………………」

ぐぐぐ……！　と。声もなく、柚月の眉間の皺《しわ》が険しさを増した。機械が故障でもしたんだろうか。

「え？　まさか、俺が乗ったから壊れたなんてことはないですよね……？」

「……いえ、そうですね。確かに壊れているかもしれません」

「えっ⁉　大変じゃないですか。じゃあ、先生に言って――」

「ストップ‼」

隣の部屋へ戻ろうとしたところで、柚月に腕を摑《つか》まれる。

「その前に、本当に壊れているかどうかちょっと調べてみますから！　真山くんは向こうを向いていてください！」

恭二に一切の反論を許さず、柚月は恭二の肩を摑んで強引に後ろを向かせる。常にない圧を感じて、恭二は大人しく従わざるを得ない。よくわからないけど何かヤバイことが起きている気がして、心臓が勝手にハラハラドキドキもしてくる。

背後で、柚月が動く気配がした。自分で体重計に乗ってみたらしく、ピピピ、と電子音がして……無言。沈黙。静寂。

振り返る勇気はとてもなく――そもそもどうして、そんなことに勇気が必要なのかわからないが――恭二はただ突っ立っているしかない。体は強張《こわば》っていく一方なのに、冷や汗だけはダラダラと勢いを増すばかり。

緊張のひとときが過ぎて、柚月はやっと体重計から降りたようだった。ホッとしたのもつかの間、再び体重計に乗る音が聞こえて、ピピピ。数秒黙ってから、また降り、乗る。降りる。乗る。降りる、乗る――。

「……いいですか、真山くん。この体重計は壊れています。壊れているんです！　決して、私の体重が重いわけではないですから！　真山くんとあんまり差がなくてショックだったとか、そんなことはないんですから！　いいですね‼」

ガクガク揺さぶりながら念押しされ、頷く以外に術《すべ》はなかった。

抜け殻と化した柚月を連れて元の部屋に戻ると、校医の先生は二人の顔を見て不思議そうに首を捻った。

「お疲れ様。随分時間がかかったようだけれど、どうかしたのかい。なんだかえらく疲れた顔をしているが」

「いえ……大したことでは」

「ははは。まあ、わざわざ放課後に健診のやり直しなんて面倒くさいだろうね。すぐ終わらせるから。じゃあ、そこに座ってくれるかな」

「よろしくお願いします」

別にそんな理由でげんなりしているわけじゃないのだが（柚月も含めて）、早く終わってくれるならそれに越したことはない。

「はい。口を開けて、舌を出して」

ライトで喉奥を覗《のぞ》かれる、恭二にとっては、とても慣れた時間。

いつもなら何を感じることもない……のだが。

ふと、気付いた。いつの間に正気を取り戻したのか、先生の向こうから、柚月がこっち見ていることに。人が口を開ける様を眺めて一体何が楽しいのか、さっきまで生気を失っていたのが嘘のようにニッコニッコしている。

別におかしなことをしているわけじゃないのに、そんな風に見られているとなんだか落ち着かなかった。はっきり言って、気が散って仕方がない。

『……何でこっち見てるんですか』（アイコンタクト）

『いいじゃありませんか。減るものではないでしょう？　それとも恥ずかしいんですか？

ただの健康診断なのに？』（アイコンタクト）

無言で視線を交わし合う二人には一切気付かず、校医の先生の健診は続く。喉を診ていたライトはしまわれて、代わりに聴診器を手に取った。

「じゃあ、次は胸を診るから。服をまくってくれるかな」

「はい――」

恭二が軽くジャージをまくり上げた、瞬間。

「うにゃ⁉」

ビクッと、視界のすみっこで、柚月が飛び上がった。『うん？』と、恭二だけでなく校医の先生までもが、不思議そうにそちらを凝視。

「ははは。いや、悪かったね。白瀬さんは女の子だもんな。男の子が服をまくったりしたらそりゃびっくりしてしまうか」

「い、いいえ！　違うんです、今のは……くしゃみ！　くしゃみが出そうになって！　お邪魔をしてしまってすみません……」

うふふ、と、取り繕う笑顔は傍目《はため》には完璧で、先生は「そうかい？」と素直に信じたらしい。特に不審がる様子もなく、再び恭二に向き直った。そのまま、何事もなく健診が再開される。

……の、だけれども。

聴診器を持つ先生の、その向こう。真っ赤になった柚月に視線を注がれて、恭二はさっきとは違う意味で落ち着かなくなる。

そんなに見つめられても困る……というか、そもそもなんでこんなに見てくるのだろうか。

――無論、恭二には知るよしもない。

柚月がこんなことを考えているなんて。

ただいまの柚月《ゆづき》 ～LIVE～

(あわわわわっ。わーわーわー！　わー!!)

校医の先生の肩越し。まくられたジャージの裾から垣間《かいま》見《み》える男の子の体を、柚月は声もなく凝視する。

といっても、静かなのは口だけで、頭の中では言語にならない叫び声がひたすら乱れ飛んでいたけれども。

(ま、まままやまくんのはだかかかか……わわわわ！)

ついついじーっと観察してしまって、その仕草の変態っぷりに「はっ!?」と我に返る。

(だ、だめです、だめ！　お、男の子の裸をそんなにジロジロ見るなんて……！)

いやしかし自分はオトナなのだし。オトナの女であるというならばむしろ、こういうものは後学のために積極的に見ておくべきなのでは？　それこそが真のオトナというものでは？

(…………)

恭二《きょうじ》に気付かれないよう、さりげなーく視線を戻しつつ、柚月は再び、診察を受ける恭二をじぃぃぃ、と凝視。でもこれはあくまで、診察の様子を眺めているだけであって、別に恭二から目が離せないとかそういうことではない。そうこれは社会勉強だから……保健委員としての務めを果たしているだけだから……。

（け、結構、細い……ほぁぁ……）

ついさっき、体重を測るところを見ていたばかりでもある。数値に関してはきっと何かの間違いだと思うけれど、恭二が他の男子に比べて華奢《きゃしゃ》な体つきであることは事実だろう。

でも、気を付けてよく観察すれば、ただ痩せこけているのとは違うことが見て取れた。うっすらとだけれど、鍛えた成果の窺《うかが》える腹筋。顔や首回りと腹部とで少し肌の色が違うのは、きっと日焼けのせいだ。少しでも体を鍛えようと、外で運動した証拠。

弱々しいのとは全然違う。まして怠惰のせいでもない。人に心配をかけまいと、ひたむきに努力した痕跡が、そこにはありありと。

いつぞや、恭二の担任が彼に言った言葉が蘇《よみがえ》る。恭二はこんなにもちゃんと頑張っているのに、本当に、好き放題に言ってくれるものだ。やっぱり腹立たしい。絶対に見返してやらなければと、決意を新たにする。その怒りの根っこが一体どこにあるか、自分の本当の気持ちはさっぱり自覚もしないまま。

しかし、真面目な思考も長く続きはしない。リアルな肌色を凝視しているうちに、頭の中はだんだんと、浮ついた妄想に呑まれていく。

(わーっ、そんなところがそうなって……ということはあそこはああ……それでもってそんなことになっちゃったりして……)

何しろ、中学は女子校だった柚月である。男子の裸を見たのなんて、中学生の頃にちょろっと読んだ少女漫画くらいだ……二次元のキャラを『男子』にカウントしても良いのならばだけれども。

そして少女漫画といえば。やっぱり、気になる男の子とのあれそれこれが、片想《かたおも》いから結婚まで盛りだくさんに描かれるわけで。その中にはやっぱり、『そういう展開』も含むわけで。

気がつけば、頭の中には向かい合う恭二と自分の姿。恭二は素《す》っ裸《ぱだか》、そして柚月自身も裸。男と女が、そんな格好でなにをするかなんて最早《もはや》言うまでもなく。

「にゃあああ!!」

「え!? 先輩!?」

どこか遠くで、ガターンとかいう音が聞こえた気がした。

それが、自分が床に倒れた音だったと気付く前に、柚月はあっさりと、意識をすっ飛ばすのであった。

第五話

「……一生の不覚です」

「そんな落ち込まなくても。具合悪くなって倒れるくらい、俺だってよくやりますし」

「そ、それは！　確かに体調不良は仕方のないことですし、別に真山《まやま》くんのことを悪くいったつもりではないですが！　でもそういう問題じゃないんです！　私にとっては！」

「わかってますよ」

一月遅れの身体測定を受けた、その翌日。放課後の保健室にて、恭二《きょうじ》は萎《しお》れ気味の柚《ゆ》月《づき》を宥《なだ》めていた。

柚月がへこんでいる原因は、言うまでもなく昨日のこと。恭二が健診を受けている最中、いきなりぶっ倒れて騒ぎになってしまったのを気にしているらしい。

倒れた原因は、本人曰《いわ》く『ちょっと寝不足で』とのこと。そういえばなんか様子がおかしかった気もするし、本調子じゃなかったというなら確かに頷《うなず》ける。

しかし、自他共に認める優等生を目指す柚月としては、校医の先生の前で倒れたりしたのが相当気になっているらしい。一夜明けた今日になっても、悔しげに頭を抱えているのだった。

「うぅ……こんなはずでは！　もっと華麗に鮮やかに私のオトナっぷりを披露するはずが……！　おまけに体重まで‼」

「体重……？」

聞き返したら、柚月は露骨に『しまった！』みたいな顔で口を押さえる。

そういえば、昨日の柚月はなんだか、恭二の体重をやたらに気にしていたような……。

そんでもって、自分の体重も何度か測り直していたような……。

（……いや、まさかな。さすがに先輩が俺より……なんてことはない、よな……？）

仮にそんなことになっていたら、恭二的にも由々しき事態だ。確かに、同年代の男子に比べたらひょろい自覚はあるけれども……。

「……な、なんですか、その顔は⁉　違いますからね！　別に、真山くんと私の体重が思っていたより近かったからとか、そんなことを気にしているわけでは……というか！　体重なんて日によって結構変わったりしますし！　一キロくらいは水分だっていうし！」

「……そうなんですね。知りませんでした。センパイハ、モノシリデスネ……」

他に掛けられる言葉があるわけもない。

が、表情を取り繕う余裕まではなく。恭二の顔を見て、柚月は大体のところを察してしまったようだった。その顔が、みるみる真っ赤になり。

「い、いいでしょう！　そこまで言うなら、私にも考えがありまちゅ！」

思いっきり噛《か》んだのを訂正することもせず、柚月は脱兎《だっと》のごとく保健室を飛び出していった。

……しばらくして。戻ってきた彼女の姿は。

「……体操着？」

「私が決して太ってなどいないということを、というかむしろスタイル抜群のオトナの女性であるということを！　この場で証明してみせますとも！　さあ、真山くん！　測ってみてください」

どうぞ、と差し出されたのは、恐らく家庭科用であろうメジャー。それを恭二の手に押し付けて、柚月は『どこからでもこい！』とばかりに仁王立ち。

（測る……って）

どこを……いや、話の流れからしてウエストだと思うけれど。でも、スタイル抜群とか言われると、どうしても、視線は余計なところを見そうになる。その『余計なところ』にメジャーを回して、キュッと巻き付けて。数値を測る図なんかも、想像してしまったり、する。

『あっ……だ、だめですよ、真山くん！　そんなに強くしたら……』

ぷるぷる！　と、恭二が頭を振ったのにめざとく気付き、柚月の目が『キラーン！』と光った。

「うふふ、そうでしょう、そうでしょう！　真山くんも男の子ですもんね！　やはり女性のスリーサイズには興味津々《きょうみしんしん》なんですね！　いいですよ〜。私はオトナですから！　好きなところを測らせてあげます！」

ふん！　と、体操着の胸元が元気にふんぞり返る。その豊かな揺れっぷりから慌てて目を背けつつ。

「ひ、必要ありません。間に合ってます」

「え!?　間に合っ……ど、どういうことですか！　私というオトナの女がありながら、一体どこの誰でスリーサイズを測定したって言うんですか！」

「別に誰ともそんなことはしてませんよ！　スリーサイズの情報とか求めてないって言ってんですよ！」

少なくとも、この場で正直に『興味あります！』とはとても言えない。

「……じゃ、じゃあいいです！　自分で測りますから！　メジャーを返してください！」

むぐ、と唇をへの字に曲げた顔は、わかりやすく不貞腐《ふてくさ》れている。恭二が自分のスリーサイズに興味を示さなかったことが、そんなに不満なのだろうか。そういう目線で見られることを、女性は嫌がりそうなものだけれど……まさか『ただしイケメンに限る』じゃあるまいし。

「……というか、体のサイズって自分で測れるものなんですね」

「まあ、やろうと思えばできなくは……ひ、人にやってもらったほうが、正確だとは、思い、ます……が……！　んんん……！」

実際、柚月は腕が背中に回らず辛《つら》そうにしている。

「も、もう少し……ふぬっ……うにゃ……！　あ、で、できた！」

何がどうなっているのか、恭二の位置からではよく見えないけれど、柚月的には上手《うま》くいったらしい。ぱっ、と柚月の顔が明るくなって、前屈《まえかが》みになっていた体が跳ねるように身を起こした。その、瞬間。

引っ張られたメジャーが。ちょうど上手いこと、柚月の胸の谷間に。

「……え？　ど、どうしてこんなにキツく……？　あれ、おかしいな……こんなはずじゃ……一回戻して……。あれ、外れな……。引っかかっ……！　……ま、真山くん～！」

「ええー!?」

第六話

「先輩、ここの和訳なんですけど……先輩？」

「……………え？」

ようやく気がついた、という様子で、柚月《ゆづき》が顔を上げる。

放課後の保健室だった。ここ数日の日課として、今日も柚月に勉強を教わっていた恭《きょう》二《じ》だったが……今日はどうも、柚月の反応が鈍い。

そもそも、昼休みに顔を合わせた時点で、どこか違和感はあった。気もそぞろというか、恭二が話しかけても、反応がワンテンポ遅い、ような。

「先輩。何かありました？」

「い、いえ！　ただちょっと……寝不足なだけで」

いいながら、柚月は「ふぁ……」と口を開きかけた。が、直前でそれを噛《か》み殺す。自称オトナの女としては、眠くてあくび、なんて許容できないのかもしれない。

けれど、恭二は柚月の『彼氏』だ。そういうことになっている。柚月を無理させないために、頑張りたいときは支えられるように。

大丈夫、という言葉を信じてもらえないことは、寂しくて。自分もずっと、それで歯痒《はがゆ》い思いをしてきた。

でも、ただ意地を張るのも、それを気付かないままにしておくことも、きっと違う。

だから。

「先輩、ちょっと」

柚月の手を引いて、一緒に立ち上がる。「え？」と戸惑う柚月の手を放さないまま、向かったのは保健室のベッド。連れてきた柚月をそこに座らせて、それから。

「先輩。そこに寝てください」

声を掛けると、柚月はベッドに腰を下ろしたままフリーズした。呼吸すら止める勢いで固まって、じっとこちらを凝視。

（やっぱり大人しく休んではくれないか……）

でも、ここで「そうですか」と引き下がったら、なんのために『彼氏です』なんて背伸びをして、二人で葉月《はづき》の前に出て行ったのかわからなくなってしまう。

ここは多少強引にでも……と、柚月の肩を摑《つか》んで横にならせようと——した瞬間、柚月の顔が、見たこともないほど真っ赤に染まった。

「ま、待って‼　待って真山《まやま》くん！　たたたたっ、たちかに私はおとにゃの女ですけれども‼　だ、だからってこんなところで‼」

「は？　……いや！　違いますよ！　どういう勘違いしてるんですか⁉」

理解した瞬間、恭二も真っ赤になった。

「あのですね、俺は先輩が眠そうだから仮眠取ったほうがいいんじゃないかと思っただけで！　何をどう読み違えたらそんなことになるんですか⁉」

「だ、だったら最初からそう言ってください‼　あんな言い方……誤解しても仕方ないじゃないですか！」

「俺が悪いんですか⁉」

反論しながらも、一応、己の言動を振り返ってもみる。そこまで意味深な言い方をしたつもりはない……と思うのだが、確かに、『付き合っている（ということになっている）』のを考えれば、誤解するのも仕方ない、ような気も。

「……なんかすみません」

「い、いえ……私も取り乱しましたし」

意地を張るよりも、照れくささのほうが勝って、恭二は素直に頭を下げた。柚月も柚月で、多少は頭も冷えたのか、それ以上怒ることもなく俯《うつむ》いてしまう。

そして、一番避けたかったはずの沈黙が、すぐそこにまで。

「あの……でも、寝不足ってことは。やっぱり、俺の勉強に付き合うの負担ですか」

ただでさえ、柚月は一人暮らしだ。自分の勉強に加えて、普段の家事だってしなければならない。その上恭二の面倒まで見るのは、考えるまでもなく大変だろう。

しかし、恭二がそれ以上口にする前に、柚月はすごい勢いで頭を横に振る。

「違います！　私はオトナですから！　真山くんの面倒を見るくらい、簡単なんです！」

「いや、でも……」

「とにかく大丈夫なんです！　私はできます！　できるもん！　だ、だから……一緒に勉強するの、やめるとか、言わないで……」

言い張る勢いはどんどんすぼみ、最後には頼み込むように、柚月は上目遣いに恭二を見上げてきた。

……もう一度、思い出す。

恭二の『彼氏』としての役目は、柚月の大丈夫を信じてあげること。

そして──その見栄《みえ》っ張《ば》りが本当になるように、そばで支えることだ。

なら、今は。

「……わかりました。なら、俺も勉強のお礼に、何か手伝いますよ」

恭二が柚月に勉強を教えることはできないとしても。柚月が普段抱え込んでいる色々な用事を手伝うことはできる。さすがに家に上がり込んで家事を、というわけにはいかないとしても、そのくらいなら。

――なんて、思った矢先だった。

「……それは、家に来てくれるということですか」

「え？」

「だ、だって、お手伝いしてくれるんでしょう？　お料理とか、お掃除とか……も、もちろん私はオトナですが、オトナにも、ちょびっとだけサボりたいときはありますし。むしろオトナだからこそありますし！　……だ、だから、つまり」

つんつん、と、柚月が指の先を突き合わせる。恥ずかしげに頬を染め、かすかに目を伏せて。オトナの余裕とはほど遠い、でも、ドキッとせざるを得ないその表情が、恭二を見上げる。

「……こ、今度。うちに、来て」

第七話

柚月《ゆづき》の住むマンション。こうしてここに来るのは、これで二度目だ。

とはいえ、こんなに早く二度目が訪れるなんて、恭二《きょうじ》だって考えてはいなかった。

(いや、そりゃ、先に『家事手伝う』って言い出したのは俺だけど……！　でもこう、もっと無難な案が色々あったはずだよな⁉)

まさか、一番『ない』と思っていた提案が真っ先に来ようとは思いもしない。

そわつく気持ちを隠せないまま、柚月の後に続いてエレベーターに乗り込む。

……が。話題が、一向に。

「……あの」

「ひゃふ⁉」

黙っているのも……と思って口を開いた途端、柚月が飛び跳ねた。ぐりん、と体ごとこっちを向く彼女は見るからに緊張していて、わかりやすく真っ赤で、頬の熱が恭二にまで伝染してくるよう。

「あの、先輩。確認したいんですけど、付き合ってるのはフリですよね」

「しょ、しょうでしゅっ」

「今から家にお邪魔するのも、勉強教えてもらうのと、その分の家事を手伝うためであって、それ以上の意味は全くないんですよね」

「も、もちろんでひゅふ！」

ここに来るまでも、散々確認したやり取りである。何度繰り返しても結論は同じ。

なのにどうして、お互いに、こんなに緊張してしまうのか。

しかし、柚月はどこまでも柚月なのだった。恭二の視線に気付くと、彼女は強張《こわば》りまくった唇を必死に動かして、余裕の笑みを浮かべようとする。

「ま、まあ！　私はオトナですから!?　おとっ、おとこのこのこのこを家に呼ぶくらい、全然っ、なんとも思わないんですけど!?」

「……そうですか。それは頼もしいです」

いつもならツッコミを入れるところだが、今はかえって、相変わらずの柚月の振る舞いがありがたい。そうでないと、どうしても、変な空気になってしまいそうだった。

「そ、そうですとも！　真山《まやま》くんは、オトナな私に全部任せて！　言うことを聞いて！　大人しくしていてくれればいいですから！　抵抗しなければすぐに終わります！　ひと思いです‼」

「俺はこれから何をされるんですか……？」

うっすら身の危険のようなものを感じたところで、エレベーターが目的の階に到着した。

お高いマンションだけあって、各階ごとの部屋数はそれほど多くない。柚月の部屋は廊下を進んだ先、一番奥だった。

「ど、どうぞっ」

「……どうも」

足を踏み入れた室内は、前に訪れたときとほぼ変わりない。一人暮らしには広すぎる間取り。それでも手を抜かず、きちんと掃除の行き届いた部屋。無造作に放り出された洗濯物とか、ラブコメにお約束のドッキリアイテムもない。

しかし、整えられた室内に、以前には見かけなかったものが今日は一つ。

『ウィーン』と鳴き声みたいな駆動音を響かせて、円盤形のロボットが一台、せっせとリビングの床を掃除していた。

「……お掃除ロボット？」

恭二の視線に気付いた……というか、柚月は最初からその話をしたくて、恭二のリアクションを待っていたらしい。

すかさず、「ふふん！」とふんぞり返って。

「そうですよ！　やっぱり、家事と勉強を両立するためには、時短が不可欠ですから！　やらなくていいことは極力減らし、その分で他のことに時間を使う。これがオトナの生活の仕方というものです！」

「なるほど」

柚月の割に、言っていることがもっともらしくてちょっと驚いてしまう。

「この子はね、すごいんですよ！　バッテリーが少なくなると、自分で充電器に戻る優れものなんです。タイマーをセットしておけば学校に行っている間に一通り綺麗《きれい》にしてくれますし！　こういうものを使いこなすのもオトナの嗜《たしな》み――」

得意げに語っていた柚月の声が、ふと止まる。

柚月の足下。いつの間にか近付いてきていたお掃除ロボットが、『そこをどけ』とばかりに柚月の足をどついていた。

若干あわあわしながら、柚月が体をどかす。

「ま、まあ、ロボットですから、こういうこともあります。真山くんも掃除の邪魔はしないよう気を付けて――え、待って。なんでまた私のほうに向かってくるの……？　ちが、私はゴミじゃ……違うから、違うってば！」

どういう機能か知らないが、まるで柚月を追い回すように、元気に床を滑るお掃除ロボ。

柚月も何が何だかわからないようで、涙目で部屋中を逃げ惑う。

「も、もういいです！　一度止めて——アプリが反応しない⁉　あわわ、止ま、止まらな……！　えーん！　なんでー⁉　真山くんー‼」

「ちょっ、俺を盾にしないでくださいよ！」

結局、ロボットが掃除を終えて部屋の隅に戻るまで、大人しく壁際《かべぎわ》でじっとしている二人だった。

◆◆◆

「ちょ、ちょっと予定とは違いましたが！　まあ、いいです！　本番はこれからですから。さあ、勉強しますよ！　教科書とノートを出してください」

ローテーブルの向かい側。ゴホンゴホンと咳払《せきばら》いをしながら、柚月が言う。

「さあ、頑張ってくださいね。ちゃんとできたら、特別にご褒美《ほうび》をあげますから」

「間に合ってます」

「なんっ……なんでですか⁉　オトナの女の人から勉強を教わるんですよ⁉　むしろご褒美が本番なんじゃないですか⁉」

「真面目に教える気ありますか、先輩」

それに、柚月のことだ。そのご褒美とやらだって、単に恭二をドギマギさせたいだけに違いない。下手をすれば具体的な内容なんて考えていない可能性すらある。

しかし、恭二のその反応が、例によって柚月はご不満だったらしい。ぷくー、と頬を膨らませた顔が、こっちを睨《にら》んでくる。

「そ、そんな余裕ぶっていられるのもいまのうちなんですからね！　あとで思い知るんですからね！　だ、第一！　真面目に勉強しなかったらご褒美はもらえないんですから！　ちゃんとやらないとだめですよ」

「さっきから邪魔してんのは先輩なんですけど」

――別にご褒美を期待していたわけでは全くないが、柚月が真面目に教えてくれたおかげもあって、勉強は普段以上に捗《はかど》った。それこそ、時間の経《た》つのを忘れるくらいには。

『そろそろ一休みしましょうか』という柚月の言葉に顔を上げる頃には、いつの間にか、窓から差し込む日差しは茜《あかね》に色を変えていた。

「あれ……すみません、もうこんな時間なんですね。つい長居しちゃって」

「構いませんよ。どの道、一人暮らしですから」

……だからこそ問題だと思うのだが、この場合。

二人きりなのだということを今さらに強く意識してしまって、恭二は少し、黙る。

途端に、柚月がにんまりと笑みを浮かべた。

「それに、まだ真山くんにご褒美をあげていませんから」

「いりませんって言ったじゃないですか」

「そ、そういうわけにはいきません！　私の家で勉強する以上は、私のルールに従ってもらいます！」

「家に来いって言ったのは先輩でしょ……」

抗弁してみるけれど、こうなったら柚月がてこでも動かないのは、既に学習済みだ。半ば諦めの境地で、恭二はローテーブルに頬杖《ほおづえ》。

「……お菓子でもくれるんですか」

「ふふふ。心配しなくても、そんな子供騙《こどもだま》しみたいなことはしませんよ。私はオトナの女ですから。それに相応《ふさわ》しい、ご褒美を考えてあります」

ニコリ、と優雅に微笑《ほほえ》んで、柚月はしとやかに立ち上がった。しずしず、と足を運び、リビングを出てどこかへ行く。

　何か取りにでも行ったのだろうかと、恭二はそのままリビングで待ち、

「どうして追いかけてこないんですか!?　せめてどこに行くかぐらい聞いてくれても‼」

「一緒に来てほしいならそう言ってくださいよ」

　ジタバタと憤慨しきりの柚月を宥《なだ》めつつ、言われた通りに立ち上がる。

「で、どこについて行けばいいんですか」

「つ、ついてこいというわけではなくて、私がどこに行くか気にならないんですかと聞いてるんです！」

「わかりました。じゃあ、どこに行くつもりなんですか」

「そ、それは……ゴホン！」

　自分から聞けといったくせに、柚月は露骨に口ごもった。急に頼りなげになった視線が、じい……とこちらを見上げてくる。

　恭二は探偵でも天才でもないので、目線や表情だけで人の気持ちを読み解くなんてのは無理な話だ。

　でも、わからないからこそドキッとする瞬間はあるもので。つまりは、今の柚月がまさにそんな顔をしていたり。

急速に落ち着かなくなって、自分でも無意識に、意味もなく前髪を弄《いじ》ったりとかしてしまう。

そんな恭二を前に、柚月はなおも無言。言えない言葉を口の中で捏《こ》ね回すみたいに、唇だけがもごもごむにょむにょと元気に動き続けている。

そうして捏ねに捏ねられて、満を持して発された言葉は。

「勉強の、後ですし……おっ、お風呂《ふろ》に、入ってこようかと」

「……は？　ふ、風呂……？」

『何で急に？』とか当たり前の疑問がよぎるよりも早く、頭は正直に、その単語に反応してしまった。以前、柚月が入浴中に電話を掛けてきたときの記憶が蘇《よみがえ》る。ついでに、その時、垣間《かいま》見《み》てしまったものも。

「っ……」

顔が赤くなるのが、自分でわかる。頭の中、モヤモヤと浮かぶ肌色が目の前の柚月にダブりそうになって、慌てて打ち消した。冷静に、冷静に……と己に言い聞かせるけれども、『いや無理だろ』と、早くも諦めている自分がいるのも確か。

一方、恭二が慌てるのに対比して、柚月は落ち着きを取り戻していくようだった。恥ずかしそうにこちらの様子を窺《うかが》っていたのが一転、見慣れたドヤ顔が、その表に浮かんでくる。

「ふふふ、真山くんは正直ですね。異性がこれからお風呂に入るなんて聞かされたら、それはドキドキしてしまいますよね！」

ふーん！　と勢いもよろしく、柚月がふんぞり返る。

……しかし恭二は見逃さない。その瞬間、勢いつきすぎて足下が『ずるっ』と滑りそうになったのを。

「っ……！　い、いいんですよ？　興味があるなら、正直にそう言っても。私はオトナですから、男の子のそういう欲求にも理解があります」

転びそうになったのは誤魔化す方向でいくと決めたのか、柚月は何事もなかったようにドヤ顔キープ。

しかしここまでくれば、恭二だって体勢を立て直す余裕は出てくる。

「いや、別に興味とか……。だ、大体、女子にそんなこと言われたら、男なら多少は慌てるでしょ。普通は」

別に自分だけが特別初心《うぶ》なわけじゃない……と言いたかったのだが、口にしてしまってから気付く。これでは、慌てていたこと自体は認めたことになってしまう。

そして、こんな時に限ってよく頭の回る柚月であった。恭二がうっかり漏らした本音に気付いて、ずずいっ、と顔を近付けてくる。

「やっぱりドキドキしたんですね！　ふふふふ！　なのに『興味ない』なんて強がっちゃって、真山くんってばうふふ！」

「いや、強がってはいません。本当。全然。お構いなく」

「あら？　そうなんですか？　残念です……真山くんが見たいなら、見せてあげてもいいと思ったのに」

「は⁉」

「ですから、『ご褒美』です。真山くん、今日は頑張っていたようですから。特別に、見せてあげようかと」

くすっ、と微笑んで、柚月はゆっくりと腰に手をやる。そのまま『くいっ』と体をひねってみせて、『ズキューン』とウィンク。恐らく、本人的にはセクシーポーズのつもりだったのだと思う。

とはいえ、全く色気がなかったかといったら、悔しいことにそうでもないのだった。胸を突き出すような姿勢のせいで、普段はなるべく意識しないようにしている胸の膨らみが、いつもより強調されている。

つい目がいってしまいそうになって、恭二は慌てて自分を律した。その手には乗らない。

「でも、真山くんは興味ないんですもんね。真山くんがそう言うなら、そういうことにしておいてあげましょうか。それじゃあ、私はシャワーを浴びてきますから」

「……別に、俺はもう帰りますし、その後でも」

「あら、そうですか？　真山くんがそーんなに恥ずかしいんだったら、そうしてもいいですけど」

「そ、そうは言ってないでしょ」

暗に、『逃げるんですね～。初心ちゃんでちゅね～』と言われた気がして、恭二はぐっと奥歯を噛《か》む。術中にハマった気がするが、わかっていても退《ひ》けないときはあるのだ。

「ふふ、なら大人しく待っていてくれてもいいでしょう？　お夕飯もご馳走《ちそう》したいと思っていましたし。それが終わったらまた勉強ですから」

何も言えなくなった恭二をその場に残し、柚月は今度こそ、リビングを出て行こうとする。ドアを閉める寸前、チラッとこっちを振り返るのも忘れずに。

「……見たいなら、いつでも見に来ていいですからね？」

◆◆◆

……もちろん、そんな見え見えの冗談を真に受けるほど、恭二だって馬鹿ではない。

柚月がリビングを出て行ってそろそろ一時間。その間、恭二は真面目に自習をしながら、柚月が戻ってくるのを待っていた。

とはいえ、だ。

（……さすがに遅くないか？）

いうて、妹の陽菜《ひな》だって風呂はそこそこ長い。女性には色々あるのだろうと気にしていなかったけれど、他人様《ひと》のお宅であまり長期間一人にされるのも困る。

（けど、下手に様子見に行ったらまたなんか言われそうだし）

あるいは、柚月はそれが狙いで、風呂場で恭二を待ち構えているのかもしれなかった。

そうでなくても、異性が入浴中の風呂場に自分から行くというのは色々とあれだ。大人

しくこのまま待つことに決めて、恭二はシャーペンを手に取り、

「ま……まやまくん……」

「え？　うわっ、先輩⁉」

ガチャ、とドアノブの回る音。開いたドアの隙間から顔を出したのは柚月で……と、そこまでなら驚きもしないが、その柚月がバスタオル一枚巻いただけの格好、その上、ドアを開けるなりその場に倒れ込んでしまったものだから、さすがに慌てる。

「ちょっ！　どうしたんですか⁉」

「あ、あうあ……」

ぐったり床に倒れ伏す柚月は、日焼けでもしたみたいに体中真っ赤だった。長湯で湯あたりしたのだと一目でわかる。

「と、とりあえず横になって……ソファいけますか？」

「う……あう……」

ふらついてるんだか頷《うなず》いてるんだかな柚月を助け起こし、ソファまで運んでやる。ぐったり体重を預けてくる柚月は裸同然、普段なら動悸《どうき》の一つくらいするところだが、今は全くそれどころではない。

ひとまず横にならせて、頭をタオルで冷やしてやっていると、どうにか状態も落ち着い

たようだった。ぐるぐると虚《うつ》ろに回していた瞳が、ようやく焦点を結ぶ。

「大丈夫ですか？　なんか長湯してるなと思ったら……なんでまたこんなになるまで」

「ら、らって……真山くんが……。真山くんがいつまでも覗《のぞ》きにこないから……」

「は？　そんな理由？」

「しょんなりゆうとはなんれすか……！　わ、わらしは、オトナのおんにゃなんれす……ちゃんとご褒美《ほうび》を……考えて……うにゅ……」

腹が立って体温が上がったのか、柚月は再び目を回しそうになる。あんまり興奮させても良くなさそうなので、恭二は反論せず謝罪。

「すみません……。いや、でも、覗きにとか行けないですって」

「なんれぇ……。わ、わらしなんかの体には、興味ないっていうんですかっ。おねーちゃんみたいに、おっぱいおっきいオンナがいいってことですか！」

「そんなことは言ってないでしょうが」

……というか、柚月だって十分。

「…………」

それ以上は心の中でも言葉にしかねて、恭二はそっと目を背ける。

視線を逸《そ》らした理由は他にもあった。柚月がしゃべれるくらいに回復して、動揺も多少落ち着いた今。改めて彼女の格好が目に入ってしまって、急速に落ち着かなくなったのだ。

しかし、柚月はそれを許してくれない。日頃オトナの女を自称して恭二をからかおうとするくせに、今は、恭二の顔が赤い理由にも気付かない様子で、ただじっと、拗《す》ねたようにこっちを見上げてくる。

「ろーして目を逸らすんですか！　やっぱりわらしのことなんて好きじゃないんだー！　おねえちゃんがいいんだー、わーん！」

「いや、ちが……。うわっ、ちょっと!?　暴れないでくださいって！　また頭に血が上……ってか、タオル！　タオル外れますよ！」

「じゃあちゃんと見てくらさい！　それでちゃんとドキドキして！　じゃないと許しません！」

「してます！　してますよ、ドキドキ！　すげぇしてますから！」

やけくそに叫んだら、柚月はピタッと動きを止めた。

ころん、とソファの上の体が向きを変えて、柚月が体をこちらに向ける。タオルがきわどくはだけそうになって慌てて顔を背け……ようとして、伸びてきた柚月の手に阻止された。

「……ドキドキ？」

実のところ、柚月はまだ、頭が火照《ほて》ったままなのかもしれない。恭二を見つめてくる目はどこかポーッとしていて、口調も舌足らずだ。

「ドキドキ、してくれましたか？　……私に？」

「……そうです」

嘘《うそ》かどうかなんて、顔を見ればわかるだろう。誤魔化しきれないくらい真っ赤になっているって、自分でもわかるくらいだから。

そんな恭二の顔を、柚月はじーっと見つめて。

不意に。伸びてきた手が、恭二の胸元に。

「……本当だ。ドキドキしてる」

驚く恭二の顔を真《ま》っ直《す》ぐに見て、柚月はふにゃ、と笑顔を作った。その表情に、また心臓が跳ねてしまったことに、果たして彼女は気付いただろうか。

「本当みたいですから、今日のところは、これで……勘弁、して、あげ……ます……」

ゆるゆると、言葉尻が小さくなるのに合わせて、ゆっくり瞼《まぶた》が落ちていく。

寝入ってしまったらしい柚月の横顔を見ながら。未《いま》だに高鳴ったままの自分の胸に、そっと手を当てた。

◆◆◆

——沈黙がリビングを満たしている。

しばらく休んだ後、柚月は何事もなく意識を取り戻した。テンパる彼女に「とりあえず着替えを」と言って聞かせ、大人しく服を着てきた柚月がソファに座り直してからかれこれ二十分。その間、お互い一言も発することができず、フローリングの木目を数える時間が続く。

「お……お腹空《なかす》きませんか、真山くん」

「そう……ですね」

絞り出すような声に、顔を上げる。本当は大して空腹など覚えていないが、ここで応じないと、いつまでも会話の糸口を摑《つか》めないだろうことは容易に想像できたので。

「てか俺、長居しすぎですよね。そろそろ帰——」

「い、いいじゃないですか！　そんなに急がなくても！　今日は、ええと……そうです！

お夕飯をご馳走しますから！　オトナの私が腕によりを掛けてお料理を！　それで今度こそご褒美を‼」

「でも、そこまでしてもらうわけにいかないですよ」

今日は勉強を教わりに来ただけ……ということを考えれば、当然の返答だった。

しかし、柚月は不満そうに唇を尖《とが》らせる。

「でも……わ、私たちは付き合っているわけじゃないですか」

「そっ」

そうですけど、と答えようとして、つい、言葉が喉につっかえる。

「だ、だったら、彼氏が彼女の家でご飯を食べていくのは何も不自然ではありません！　むしろ、このままあっさり帰るほうがおかしいです！」

「そうかもしれません、けど……」

しかし、いいのだろうか。だって、自分達が付き合っているのはあくまで『フリ』なのだ。その前提が、どうしたって躊躇《ためら》いを生む。

「私がいいと言っているんだから、いいんです！　私はオトナだから……真山くんよりも、こういうことには詳しいんですからね！　オトナの言うことはちゃんと聞いてください！」

柚月が本当に『そういうこと』に詳しいかどうかについては大いに疑問があったが。しかし、ツッコミは入れずに、恭二は「……そういうものですか」と頷く。

躊躇いがなくなったわけではないけれども、これ以上固辞したら、柚月がへこんでしまいそうな気がしたのだ。そんな風に考えているなんて、なんだか自意識過剰みたいで、はっきり口には出せなかったけれど。

ただ、それは別にしても、このまま「じゃあお言葉に甘えて」とはいかない理由が、恭二にはもう一つ。

「先輩の申し出はありがたいんですけど、陽菜に聞いてからにしてもいいですか」

「あ……もしかして、お家《うち》の都合が悪いとか？　そ、そうですよね……こういうことはまず親御さんにお伺いを立てないといけませんでした……」

「あー、いえ。それは大丈夫……と思います。うち、両親共働きで。夕飯は大抵作り置きか、自分達で用意するかなんで」

ただ、そうなると、陽菜が一人で夕飯を食べることになってしまう。陽菜のことだから、『自分のことは気にしなくていい』と言いそうではあるが、だからこそ、ちゃんと相談してから決めてやりたかった。それがお兄ちゃんというもの。

が、恭二が陽菜に連絡する前に、柚月が「そういうことなら……」と口を開いた。

「陽菜さんさえ良かったら、マンションに来てもらうのはどうでしょう？　確か……真山くんのお家は、学校からそんなに遠くはなかったですよね？」

「それは……はい。家から通いやすいとこ選んだので」

この時間なら柚月も帰宅しているだろう。柚月の家は学校から近いのだから、電車を使えばそれほど時間もかからない。

「でも、いいんですか。そこまでお世話になっちゃって」

「なんですか。いいに決まってるじゃないですか、そんなの。だって陽菜さんは、私にとっても妹みたいなものですし」

……そう言われると、なんか妙な意味に聞こえてしまうのだが。

「…………あ！　べ、別に私が将来的に義理の姉になる予定だとか、そういう意味ではありませんよ⁉　しょ、しょんにゃ、まっ、真山くんとけっ、けこっ……コケッ！」

「わかりました！　わかってますから！　言わなくていいですから！」

こうなるだろうから――そして恭二自身も恥ずかしいから――黙っていたのに、柚月は自ら気付いてしまったらしい。そのままさらなる自爆（しかも恭二を巻き込んで）をしようとする柚月を、慌てて止める。

ほっておいたらさらに状況が悪化する気がしたので、恭二はさっさと陽菜に連絡した。

『先輩の家にお邪魔してるんだけど三人で夕飯をどうか』とメッセージを送ると、陽菜から速攻で電話が。

通話ボタンを押した瞬間、『何それどういうこと⁉』という叫びが辺りに響いた。

『待って待って待って！　なんで兄貴ってば白瀬《しらせ》先輩のお家にいんの⁉　今日友達の家に行くとか言ってなかった⁉』

「いや、それは……」

『え、付き合ってるの？』

なんと答えるべきか、恭二は悩んだ。陽菜は妹なのだし、嘘はつきたくない。事情を話せば黙っていてくれるはずだ。

しかし、だ。この状況で、『付き合ってるっていうのはフリで俺と先輩はただの先輩と後輩なんだ』とか言ったところで、言い訳感も甚だしい。恭二が逆の立場だったとして、「照れないで素直に言えばいいのに……まあでも、しょうがないから付き合ってやろう」とでも思うのがオチだ。

「そ……想像に任せる」

『なんでそんな意味深な感じなの』

不思議そうに見守る柚月（こっちのやり取りは聞こえていないらしい）の顔を横目に見

つつ、答える。

『ふーん……まあいいや。しょうがないからそういうことにしといたげる』

概《おお》ね《む》、想像通りのリアクションが返ってきた。恭二はそれ以上触れず、さっさと話題を変えることにする。

「そ、それで、どうする？　先輩は『良かったらお前も』、って言ってくれてるけど」

『でもそれ、私がいかなかったら、兄貴は気にして、自分も帰ってきちゃうんでしょ？』

恭二の内心をそっくり言い当てて、陽菜はちょっと得意げに笑った。違う、と言えば嘘になるから、恭二は黙るしかない。

ただ、恭二のため、というのを差し引いても、陽菜の返事には前向きな気配があった。以前までの陽菜なら、家族以外のいる場に出てくるのは多少なり渋ったはずだ。柚月に対しては、ある程度心を開いている証《あかし》なんだろう。連絡先を交換していたらしいから、案外、自分の知らないところでこまめに連絡を取り合っていたりするのかもしれない。

『わかった。私も白瀬先輩のお家、お邪魔してみたいし……あ、でも、お家の人とかいるよね……？』

「いや。先輩、一人暮らしだから。そこら辺は気にするな」

『え……？　一人暮らししてる女の人の部屋に行ったの……？』

「言っとくけど勉強教わってただけだからな！　お前が思ってるようなことは何一つないからな‼」

たとえ言い訳感甚だしくとも、客観的に見て信憑《しんぴょう》性に乏しいとしても、兄として、これだけはきっちり主張しておきたい恭二であった。

第八話

「そういうことなら、陽菜《ひな》さんの分も食材の買い出しにいかなくてはいけませんね！　真《ま》山《やま》くん、お買い物を手伝ってくれませんか？」

……と言う柚月《ゆづき》に連れられて、恭二《きょうじ》は買い出しのため、マンションを後にした。家を出る直前、柚月が冷蔵庫の中を確認した際、チラッと見えたその中身がお菓子ばっかりだったことには、あえて触れないことにする。

買い物用だというエコバッグを手に、やってきたのは近くのスーパー。学校とはマンションを挟んで反対側の方向にあり、この辺なら同級生に見られる心配もなさそうだ。

「ふふふ。真山くんはまだまだ子供ですもんね。スーパーなんてあまり来たことはないでしょう？　オトナな私の手際《てぎわ》をしっかり見ておくといいですよ！」

ふんふん、と吐く息も得意げに、柚月はスーパーの中を練り歩く。

だが、言うだけあって、買い物の手際はいいように見えた。どこに何があるのか、何を買うのがお得か、なんてこともしっかり把握していて、さすがに一人暮らし歴が長いだけのことはあるのだろう。

――と、感心したのもつかの間のこと。

「……先輩。どうして野菜コーナーは素通りしていくんですか」

尋ねた瞬間、柚月の動きが止まる。

思い出すのはいつかの記憶。柚月が恭二に、手作りの弁当を食べさせようとしたときのことだ。ミニハンバーグやら卵焼きやらが詰め込まれた弁当箱には、野菜らしい野菜がひとっかけらも含まれてはいなかった……。

（そういえば先輩、ピーマン嫌いとかも言ってたな……）

この様子を見ると多分、それですらも見栄《みえ》で。実際には、お野菜全般が嫌いなのかもしれない。

恭二の視線にはとっくに気付いているだろうに、柚月は長いこと、こちらに顔を向けず沈黙していた。表情は何事もなく優雅にオトナ、手近にあったバナナを手に取っては、状態を見極めるフリなんぞしている。

だが、ぷるぷると微妙に小刻みに震える手は、恭二の指摘が完全に図星であったことをこれ以上なく物語っており。

無言の時間が続くことしばし。黙っていても誤魔化せないと悟ったのか、柚月がようやく、コホンと咳払《せきばら》いする。

「……ま、真山くんはわかっていませんね！　お野菜は、ここで買うよりも別のところのほうがお安いんです！　決して！　決して私が野菜を食べたくないわけでは――」

「そういえば、俺、葉月さんと連絡先交換してるんですよね。『柚月は最近どう？　ちゃんと野菜も食べてる？』って問い合わせがたまに」

「やだやだ待っててちゃんと買うから食べるから！　だからお姉ちゃんには言わないでー‼」

効果は覿面《てきめん》だったようで、柚月はあっという間にオトナの外面をかなぐり捨てた。必死の形相はほとんど涙目で、恭二はガクガクと肩を揺らされる。ちょっと首が絞まりかけたりもする。

「いっ……言いませんよ、言いませんけど。でも、野菜はちゃんと食べてください。栄養偏ると、あっという間に体調崩しますよ。本当に」

語調は、自分でも知らぬ間に真剣味を帯びた。こういう話題はどうしても、自分の体験と被《かぶ》らざるを得ない。

普段はポンコツなくせに、こういうときの柚月は聡《さと》い。ハッ、とその目が少し丸くなるのがわかって、恭二は気まずく顔を背ける。

だって、こういうのはなんか嫌だ。自分の体の弱さをことさらに強調して、同情させて、相手の行動を縛るみたいな。

　でも……何度も言うように、こういうときの柚月は聡いから。きっと、恭二が顔を背けた理由だって、わかってしまったのだ思う。

「……参考までに聞くんですけれど。真山くんは、お野菜なら何が好きですか」

「え……？　あー……そうですね。改めて聞かれると……」

　気を遣われたのかな、と思わなくはない。だからどうしたって、申し訳なさは感じてしまうのだけれど。

　だが、自分が居心地悪いからと、ここで柚月の気遣いを突っぱねたら、それこそ子供だ。

　だから恭二は素直に、柚月の振ってくれた話題に乗っかることにした。

　乗っかることに、したはいいけれども。

「……その、ネギとか」

「ネギ？　え、あの薬味とかに使うネギですか？　タマネギのほうではなくて？」

　ちょっと意外そうな顔をしながらも、柚月の目は野菜売り場の片隅、積まれたネギへ向いた。

「風邪引いたときとか、母さんがよくネギを入れたスープを作ってくれたんですよ。風邪に効くからって。それで、なんか」

「……そうですか」

ちょっと考えた後、柚月はこちらを見上げて、微笑《ほほえ》む。

「思い出の味なんですね」

「……まあ、そういうことですかね」

柚月じゃないけれど、恭二だって、野菜はあんまり好きなほうじゃないのだ。子供の頃、『体にいいから』という理由で、無理して口に入れていた記憶を思い出してしまう。

でも、あのスープの味だけは。

何かを表情に出したつもりはなかったのだけれど、恭二の顔を見て、柚月はクスクスと笑い声を漏らした。

注がれる視線は妙に優しく、なんだかこそばゆい。しかし、柚月が何も言ってこないから、反論もできないのだった。これなら、いつもみたいに普通にからかわれたほうがよっぽどマシなのに。

「お野菜は、身が詰まってしっかりしているものを選ぶといいんだそうですよ。真山くんはどれがいいと思いますか？」

「俺は詳しくないんで。先輩に任せますよ」

「だめですよ。今日のお夕飯の買い物なんですから。自分の食べるものを自分で選んでみるのも、結構楽しいんですよ」

ネギの束を一つ二つ手に取って、柚月がこっちに見せてくる。恭二は言われるまま受け取って、重さを比べてみたりして。

……というか。今さらな疑問に気付いてしまったが。

「俺の好みで決めちゃってますけど。先輩はいいんですか、ネギ買っていって。一人で全部食べられます……？」

これから夕飯をご馳走《ちそう》になるとしても、それだけで全部使い切れるものなんだろうか。

恭二は料理には詳しくないから、案外できるのかもしれないけれども。

けれど、仮に残ってしまった場合、その分は柚月が一人で食べなければいけないことになる。大丈夫なんだろうか、ただでさえ野菜とか苦手そうなのに。

しかし、柚月はむしろ、そんな質問をされたことのほうが意外だったように、不思議そうな顔で恭二を見た。

「え？　だって、また真山くんが来たときに出せばいいじゃないですか」

——だって私たち、付き合っているんですし。

あまりにも。当たり前に言ってくるから、ドキッとすることも忘れてしまった。

でも、体は律儀《りちぎ》に反応して、顔に血が集まるのがわかる。

一瞬遅れて、柚月も自分が何を言ったかに気がついたようだ。ぼわっ、と、爆発する勢いで頬が紅潮。慌てた拍子にネギを落っことしそうになって、恭二が慌てて受け取ったりする。

「な、なんですかっ。だって、間違っていないでしょう⁉　ちゅ、ちゅき、付き合っているでしょう、私たち⁉」

「こ、声！　声大きいですって！」

とっさに口を塞ぐ……ぐらいができれば良かったが、というかしたかったが、恭二の両手はネギで塞がっていて、できたことといえばワサワサとネギの葉を揺らすことだけ。ネギと言えばお馴染《なじ》みのあの匂いが辺りに漂って、赤面する二人を包み込む。なんだろう、この空間は。

「……いっ、いきましょうか！　あまり立ち止まっていては、他のお客さんの迷惑ですし！　ね！　ね‼」

「そ、そうですね」

言うが早いか、柚月は恭二の手からババババッとネギを奪い取り、全部まとめて買い物カゴにぶち込んだ。「ちょっ⁉」と恭二が慌てる間もなく、そのまますったかたーと歩き出す。

(大丈夫か、あんな大量に買っちゃって……)

とはいえ、一度買い物カゴに入れたものを戻すというのも、なんだか気が引ける。そもそも、柚月がちっともこっちを向いてくれなくて、そんなことを言い出せる雰囲気でもないし。

(まあ、俺が食べればいい……ってことになる、のか？)

それはつまり、これからもちょくちょく、柚月の家にお邪魔して、ご飯をご馳走になるということだ。

なんだか、本当に付き合っているみたいで。あくまでフリのはずなのに、こう形ばかりがどんどん整っていくと、ふとした拍子に、何かを錯覚しそうになる。

赤身の引かない頬を、軽く擦《こす》ってみた時。横を通りがかった親子連れ、その子供のほうが、恭二達を指差して、元気にこう言った。

「ママー！　〝しんこんさん〟がいるー！」

◆◆◆

……それからしっかり、他の野菜も購入して、二人でスーパーを後にする。

「真山くんの裏切り者！　私の味方だってゆったのに！」

「味方だからこそ健康的な生活をしてほしいんですよ」

不服そうな視線を横顔に感じながら、二人並んで、マンションへの道を歩く。買い物袋を手に提げて、そんな様子はまるで……なんて、その先を考えるのは意図的に避けたけれども。

「でも良かったんですか、持ってもらって」

恭二の手、そこにぶら下がるエコバッグを見つめて、柚月が言う。

どことなく言いにくそう、かつ、気遣うような視線の意味は考えるまでもなかった。

「平気ですよ」

「でも」

「むしろ良かったです。……俺、家の手伝いとかしたことなかったので」

柚月が目を丸くする。言葉にしなかった部分は言わずとも伝わったのだろう。やがてその顔が微笑んだ。

「なら、オトナの私が、もっと色々教えてあげないといけませんね」

「お手柔らかにお願いします」

肩に提げたバッグは、ずっしりと重く。

でも決して、持てないほどではなかった。


柚月のマンションに着いて、ようやく一息——入れる暇もなく、抱えてきた食品を速やかにキッチンへ。

「今はまだ梅雨前ですし、そこまで暑くもないですが、用心に越したことはありません！　食中毒とか怖いですからね！　特に牛乳なんかを買うときはよく気を付けないと！　これも生活の知恵！　オトナの常識というものです！　いいですね、真山くん！」

「覚えておきます」

家庭科の授業で習いそうなことをドヤ顔で講釈されつつ、柚月の指示で、冷凍ものや傷みやすいものを冷蔵庫にしまっていく。お菓子以外はすっからかん、実質チェスト状態だった冷蔵庫も、本来の役割を取り戻して元気に『ブーン！』と稼働《かどう》していた。

「先輩、これはどこにしまえば？」

「えーっと、これは……常温で大丈夫なので、ひとまず棚の下に入れておいてください。あとで綺麗《きれい》に並べておきますから」

そこです、と柚月が指差したのはシンク下の戸棚。わかりました、と、恭二はその取っ手に手を掛けて。

途端、中から押し出されるみたいに、戸が勢いよく開いた。同時に溢《あふ》れ出してきたのは、大量のお菓子、お菓子、お菓子……。

「あー！　わー‼」

わたわた、と柚月が慌てて隠そうとするけれど、普通に遅い。というか、開ける前にこうなることが予想できなかったのだろうか。

「ちがっ、違うんです！　ほら、あるでしょう⁉　もうストックがないと思って買って帰ったら実はまだ残っていたみたいなことが！　オトナは忙しいですから！　時にはそういうこともね！　これもオトナならではのエピソードというか！　むしろ私がいかにオトナとして生活しているかの証拠で、決してドジなわけでは！　ポンコツでは‼」

冷静にツッコミを入れるか、見なかったことにしてスルーするか。恭二が選択を迫られていると、ポケットに突っ込んでいたスマホがヴーッと震動した。これ幸い、とばかりに、柚月が顔を輝かせる。

「ハッ！　ほら、真山くん！　電話が来ています、電話！　陽菜さんからみたいですよ！早く出ないと！」

勝手に恭二のポケットからスマホを取り出して、『ほらほら！』と、鼻先に突きつけてくる柚月。

言われなくても、陽菜からの連絡を無視する気はなかった。若干仰《の》け反《ぞ》りながらも受け取って、電話に出る。

『あ、兄貴？　駅着いたよ』

「わかった。じゃあ、今から迎えに行くから」

『えー、いいよ。住所送ってくれたら自分で行くし、まだそんな暗くないし』

「だめだって。すぐ行くから、ちゃんと人のいるところで待ってろよ」

『むー。兄貴の心配性』

不満げな声は、唇を尖《とが》らせる姿が見えるよう。

でもそこに、構ってもらえて喜ぶ気配があることを、恭二は聞き逃さない。こんな声を聞かせてもらえるなら、どこにだって迎えに行くというものだ。

「じゃあ、先輩。ちょっと行ってきますので」

「わかりました。私は先に準備を始めていますね」

「……一人で大丈夫ですか？」

「し、失礼な！　私お料理はちゃんとできるんですから！　この前、お弁当をわけてあげたでしょう！」

暗に、他のことはできていません、と自覚があることを告げながら、柚月が頬を膨らます。

「いいから、真山くんは早く陽菜さんを迎えに行ってあげるんです！　二人が戻ってくるまでにちょちょーいと下拵《したごしら》えを済ませちゃいますから！　時短テクですから！　私の鮮やかな手際《てぎわ》にびっくりすればいいんです！」

「ちょっ……押さないでくださいよ」

半ば押し出されるようにして、恭二は再び、マンションを後にするのだった。

陽菜は恭二の言いつけをちゃんと守ることにしたようで、『ドラッグストアにいるから』と連絡が来た。ついでに買っておきたいものがあるとのこと。

よしよし、と思いつつ、『いやまだ何があるかわからん』と、可能な限り早歩き。

店に着くと、陽菜は売り場の一角にしゃがみ込んで、棚の下の方を『じーっ』と見つめていた。恭二がやってきたことにも気付かない様子で、その横顔にはどこか、言い知れぬ迫力、のようなものが。

「……陽菜？　何見てるんだ、怖い顔して」

「ひえっ」

声を掛けると、しゃがみ込んだ姿勢のまま、陽菜の体が『ぴょん！』と跳ねる。

何をそんなに驚くことが、と思いかけて。

視界に入る、『薄さ　0・08㎜』の文字。

「なんてもの眺めてるんだよ！　お前にはそういうのはまだ早いからな‼」

「わ、私が使うんじゃないもん！　兄貴に必要かなと思って！」

「俺だって使わねえよ！」

「え⁉　使わないの⁉」

「違う、そういう意味じゃない‼」

というか、いいのか。こんなとこにこんなもの売っていて。いや、必要なものだが。大事だが。

「いいからお前は自分の買い物をしてこい！　先輩待たせてんだから！」

「わ、わかってるってば……」

陽菜としても、デリケートな話題に触れてしまった自覚はあったらしい。既に買うものはカゴに入れたあったのか、足早にレジへと向かった。

なんとなく、次の話題を見付けられないまま、とりあえずドラッグストアを後にする。陽菜がチラチラとこっちを見てくるのがわかるのだが、わかったからといってどうすればいいのか。

結局、柚月の家に着くまで、無言を通す兄妹《きょうだい》であった。

「お帰りなさい、真山くん。陽菜さんも、今日はようこそ」

玄関のドアを開けると、柚月は律儀《りちぎ》に出迎えにきてくれていた。料理をしていた途中だったのか、エプロン姿で玄関に立つ様は……なんというか。

「新婚さん……？」

先ほど、ドラッグストアで薄さ0・08㎜のブツを見つめていたのと似たような目で、陽

菜がこっちを見やる。

同時に、陽菜用にとスリッパを出そうとしていた柚月が、前のめりに三和土《たたき》に落っこちた。

「白瀬《しらせ》先輩⁉　大丈夫ですか⁉」

「え、ええ……大したことでは……」

「でも、顔が真っ赤ですよ⁉」

それは多分ぶつけたせいではなくて、全く別の理由によるものだと思うが、柚月としては、勘違いしてもらったままのほうがいいだろう。

「早く冷やしたほうが……！　えっと、救急箱……いや、氷とか！」

「俺が取ってくるから。陽菜は先輩の様子見ててくれ」

おろおろと慌てふためく妹がうっかり余計なものを見てしまう前に、恭二は氷を取りにキッチンへ向かった。

第九話

先日は柚月《ゆづき》の家にお邪魔することになったが、そう毎日上がり込むわけにもいかない。よって、家事の手伝いがない日の放課後は、今まで通り保健室で勉強を教わることになった。

「……はい、お疲れ様でした。じゃあ、今日はここまでにしましょうか」

ピッ、と柚月がタイマーを止める。

既に、下校の時刻は迫りつつあった。「退出時間は守るんですよ」と柚月に急《せ》かされつつ、手早く荷物をまとめて保健室を後にする。

……別に、一緒に帰る約束までしているわけではない。

けれども、だからって、一人でさっさと行ってしまうのも躊躇《ためら》われ。勉強が終わった後はいつも、なんとなく、二人並んで校門まで向かうのが常だった。

人に見られたら変な噂《うわさ》が立ちかねないと、恭二《きょうじ》は内心ヒヤヒヤするのだけれど、そんなものは、柚月に保健室で勉強を教わっている時点で今さらとも思う。

柚月に、そういう部分で迷惑は掛けたくない。

　でも、だからって、今の関係をすっぱり断ち切って、元通りの距離に戻れるかといえば……答えはもう、自分でもよくわかっている。

　手が届きそうで届かない、微妙に空いた柚月との距離は、そんなどっちつかずの心境を象徴するかのようだった。

「それじゃあ、私はここで。また明日」

「はい。また、明日」

「家に帰ったら、きちんと手洗いうがいをするんですよ。それから、今日の復習も忘れずに！　でも夜更《よふ》かしはだめですからね！　ちゃんと寝ないとかえって効率が落ちるんですから」

「わかってますって」

　お決まりの注意をくどくどと述べて、柚月は今度こそ、恭二に背を向けて歩き出す。

　なんとなく、恭二はその背中を見送って……「あれ？」と、思わず声が。気付いた柚月が、足を止めて振り返る。

「真山《まやま》くん？　どうかしましたか？」

「あ、いえ……いつもの帰り道と違ったので、つい」

「ああ、ちょっと買い物をしていこうかと。ノートのストックがもうなかったので」

ノートそのものが、ではなく、ストックがない、というのがなんとも優等生らしい。

「買い物するなら手伝いますよ」

「え!?　いえ、大丈夫ですよ。ノートを買うだけなんですから、そんなに重くはありませんし……」

「いいんです。俺もちょうど、買い足したいものあったんで」

強引に、恭二は柚月の横に並んだ。柚月は一瞬、迷うように恭二の顔を見上げたけれど……続いてその顔に浮かんだのは、嬉《うれ》しそうな笑み。

「もう。ワガママですね、真山くんは。これだから、まだまだ子供だっていうんです」

咎《とが》めるような言葉とは裏腹に、歩き出す柚月の足取りは軽く、楽しそうなのが見てわかる。

だから、恭二は大人しく叱られながら、柚月の後についていった。

◆◆◆

てっきり、この前のスーパーに行くのかと思っていたら、柚月が向かった先は、商店街にある文房具屋だった。

「やっぱり、専門のお店のほうが品揃《しなぞろ》えはいいですから」

なんて訳知り顔で言いつつ、柚月は無駄に颯爽《さっそう》と店内へ。

売り場は意外にも広々として、品揃えも多いように見えた。ノートの売り場は入って右手側、壁際《かべぎわ》の棚にあった。

早速、恭二はそちらに足を向け――止まる。肝心の柚月が、ついてきていないことに気がついたからだ。

見れば、柚月は派手なポップの並んだコーナーに立ち止まり、熱心に商品を眺めている。並んでいるのは、色とりどりのボールペン、そしてサインペン。

その品揃え……というか、色数の豊富さに、まずびっくりしてしまう。赤や青辺りならまだしも、ピンクとかオレンジとか、そんな色で文字を書いたって逆に読みにくいんじゃないだろうか。そのピンクも、ライトピンクとかベビーピンクとかいろいろ種類があって、果たしてどう違うのかもよくわからない。

「それ買うんですか？」

「みゃうっ。い、いえ。これは、違っ」

びくっ、と、妙に慌てた様子で、こちらを振り返る柚月。

別にカラーペンくらいでそんなに慌てなくても……と思ったのだが。よく見たら、柚月が眺めていたのは普通の赤とか青のボールペンじゃなかった。

何かとのコラボ商品なのだろう。持ち手にキャラクターのあしらわれた、色合いもカラフルなボールペンだ。インクにはラメが入っているらしく、説明書きによれば『書くとぷっくり浮き出る！』らしい。いかにも小学生の女の子とかが好きそうな、デコデコでキラキラのアイテムである。ただし実用性。

いくら女子であっても、高校生が使うには、ちょっと似合わないのかもしれない。

でも、柚月がこういうものに惹《ひ》かれるのは、ごく自然に納得がいった。

それは何も、彼女が子供っぽいとかお子様とか、そういうことが言いたいのではなくて。

思い出すから。

ずっと昔に。小学校の保健室で、彼女と毎日会っていた日々のことを。

『……柚月ちゃん。そのボールペン、キラキラしててすごいね。カッコイイ！』

『えへへ、いいでしょー。これね、お姉ちゃんが持ってたのをもらったの！　お小遣い貯《た》めたら、今度は自分で、新しい色のを買うんだから！』

『そうなんだ。何色を買うの？』

『ピンク！　絶対ピンクがいい！　私ね、ピンクが一番好きな色なんだ。女の子は、そういうカワイイものが好きなのよ。男の子だったら、女の子が好きそうなものはちゃんと覚えてなきゃだめなんだから！　お姉ちゃんが言ってた！』

『……どうして？』

『えっ』

『どうして、女の子の好きなものがわかってないとだめなの？』

『それは……えっと、えっと……だ、だめだよ！　そうやってすぐに人に聞いちゃ！　まずは、自分で考えなくちゃ！』

『そっか、そうだよね！　わかった、柚月ちゃん。僕、自分で考えてみる』

『そ、そうね！　どうしてもわからなかったら、その時は教えてあげる！　……っていうか、その〝柚月ちゃん〟っていうの、だめって言ったでしょ！　私のほうがお姉さんなん

だから！　オトナなんだから！　ちゃんと、〝柚月お姉ちゃん〟って呼んで！』

『わかった、柚月ちゃん！』

『だーかーらー！　うみゃー!!』


「なんですか！　いいじゃないですか！　最近は文具女子といって、オトナの女性だってシールとかラメペンとか買うんです！　流行《はや》っているんです！　だからいいんです!!」

「なんにも言ってないじゃないですか」

「だって顔に書いてあるもん!!」

ぶすっ、と拗《す》ねた顔をして、柚月は恭二を押しのけるようにしてノート売り場へ向かった。その後を、慌てて追いかけつつ。

「先輩。俺、別に馬鹿にしたりとかしてませんよ。ほしいんなら買っていけば」

「……いえ。今日は本当に、いいんです。……その、今月はちょっと、お小遣いが」

ちろり、と柚月の目が再びボールペン売り場へ。見栄《みえ》を張っているわけではないようで、その顔には本気の未練が溢《あふ》れんばかりだ。

「ううぅ……元はといえば、私が金欠なのは真山くんのせいなんですからね！」

「えっ⁉　俺ですか⁉」

「そうですよ！　真山くんのためにお洋服を買ったりしたから！　それで私のお小遣いが！」

「……もしかしてですけど、そのお洋服ってこの前の女教師《コスプレ》じゃないですよね？」


——柚月と別れて、家に帰ってきて。恭二は一人、机の引き出しを開く。

普段は滅多に取り出さない、引き出しの奥。最後にこうして手に取ってみたのはいつだったかも、はっきりとは思い出せない。

それでも、存在を忘れたことは一度もなかった。

年月が経《た》ち、外側のラッピングは色褪《いろあ》せて、シールも剝がれかけてしまっているそれは……小学生の頃、恭二が初めてお小遣いで買った、女の子へのプレゼント。

デコデコで、キラキラで、売っているものの中で一番カワイイと思うものを選んだ、カラーインクのボールペン。

……相手の好きなものがわかれば、贈り物をするとき、喜んでもらえるから。

けれどそれも、届けることができなければ、何を選んだって結局意味はないのだ。

渡しそびれてしまったプレゼントは、一体どうすればいいのか。

教えてくれる『誰か』は、もういない。

だからきっとこれも、自分で考えて、決めなくてはいけないのだろう。

第三章
勉強会

第十話

(……先輩遅いな)

今日も今日とて養護教諭不在の、放課後の保健室。

だが、今日はいつも通りでないこともあった。普段であれば先生の代わりに来ているはずの柚月《ゆづき》が、いつになっても姿を見せないのだ。

今日も、柚月には勉強を教わる予定になっている。色々突拍子のない行動をすることはあっても、根は真面目な柚月。すっぽかすとは考えづらい。遅れる、という連絡も来てはいなかった。

(様子、見に行ってみるか)

というわけで、向かったのは二年生の教室がある階。

柚月のクラスを覗《のぞ》いてみると、やはりというか、柚月はまだ教室にいた。

だが、すぐには声を掛けられなかった。なぜなら。

「ありがとう、白瀬《しらせ》さん！　すっごくわかりやすかった！」

「いえ。お役に立てたのであれば嬉《うれ》しいです」

複数のクラスメイトに囲まれて、朗らかな笑みを浮かべる柚月。

しかし……その笑顔はなんだか、ぎこちないように見えた。気のせいだと言われてしまえばそれまでの、些細《ささい》な違和感。

「あの……では、私は——」

「そうだ！　白瀬さん、このあと時間ある？　帰りにどっか寄って行こうよ。もうちょっと聞きたいこともあるし、お礼におごるから！」

柚月が何か言う前に、周りのクラスメイトからも「いいね！」「せっかくだから皆で勉強会しよ！」と、次々に声が上がっていく。

盛り上がるクラスメイトの中で、柚月は。しきりに周囲を見回し、喜んでいる皆の表情を確かめて……ちょっとだけ、下を向く。困った顔を隠すみたいに。

だから。

「先輩」

そんなに大きな声を出したつもりは……なかったと言えば、嘘《うそ》になる、かもしれない。

とにかく、恭二《きょうじ》の呼びかけは放課後の喧噪《けんそう》の中でもよく響いて、ワイワイと話していた生徒達が一斉にこっちを見た。もちろん、柚月も。

上級生のクラス。普段であれば緊張するところだが、恭二は何食わぬ顔で中に入った。

周りの不思議そうな視線なんて気にしないフリで、真《ま》っ直《す》ぐに、柚月の元に。

「先輩、ひどいじゃないですか。今日は俺と一緒に帰る約束でしょう。……俺、待ってたのに」

「え。あ。えっと」

柚月が、何かに気付いたように、ハッと表情を変える。しかし、その次の言葉はいくら待っても出てこない。

……仕方がないので、恭二は柚月が口を開くのを待たず、その腕を掴《つか》んだ。待ちきれない後輩を装《よそお》って、小さな子供が母親を急《せ》かすみたいに。

「ほら。生きましょう？」

「あ……そう、ですね。すみません、皆さん……ご一緒したかったのですけど、今日は先約があるもので」

「あー、そっかー。ごめんね、引き留めちゃって！」

恭二とのやり取りを見守っていたクラスメイトが、パタパタ、と手を振る。

すみません、と最後にもう一度口にして、柚月はカバンを手に取った。二人で教室を出た直後、背後で「きゃー！」と女子の歓声が上がる。「今度は年下なんだー」「そうきたかー！」と、盛り上がる声もする。反応してなるものかと、恭二はひたすら聞こえないふり。

しかし、無視できない物もあった。さっきから、妙に楽しげにこっちを見上げてくる、横にいる先輩の視線とか。

「……なんですか」

「ふふふ、いいえ。なんでも。……それより、すみません。迎えに来てもらってしまって」

助かりました、と、こっそり付け足される声。

（断ればいいのに、とか言うのは野暮《やぼ》なんだろうな。多分）

オトナでいるために、柚月は数え切れない努力をしている。『みんなに頼られる優等生でありたい』と望むのも、そのうちの一つ。

でも、頼りにされたら断れないのは、何も見栄のためだけではなくて――柚月なりの責任感とか、優しさとか、そういうものも含まれているのだと知っている。

オトナは皆を助けてあげるものなんだって、きっと、そんな風に。

だけど、全ての相談に応えることはどうしたって無理なはずだった。それこそ、柚月が以前言っていたように。同時に二つのことができないなら、より重要なほうを優先するしかない。

別に、自分との約束が他の誰かより大事だとか、そんなことを言うつもりはないけれど。

柚月が、抱えきれない頼まれごとを断るための言い訳に使ってもらえるなら。『私は大丈夫だけど、真山《まやま》くんが言うから仕方ないんです』って、そんな建前になるなら。

とはいえ、あんな風にクラスの皆の前で柚月を連れ出してしまったことに、思うところがないかと言えば。

「真山くん？　どうかしましたか？　難しい顔をしていますけど」

「いえ……今さらですけど、さっきの。変な誤解されてないかなって」

「……誤解って、たとえば？」

すすす、と柚月が前に回ってくる。通せんぼをされて、恭二は足を止めざるを得ない。

たとえ、柚月がからかう気満々の笑みを浮かべていたとしてもだ。

「ふふ。いいじゃないですか。だって、私たちは付き合っているんですから。別に、誤解ではないでしょう？」

ニッコー、と、何がそんなに嬉しいのか、柚月は満面の笑み。上機嫌の足取りで、すったか歩いて行ってしまう。

「……先輩はいいんですか。周りにそう思われても」

「ええ。だって私はオトナですから。そんなのちーっとも気にしません」

そうして、笑顔を浮かべた柚月は。放課後、勉強を教えてもらっている間も、その笑みを崩すことはなかった。

第十一話

――そりゃあ保健室で勉強なんかしていたら、いつかはそんな日も来ると思っていたのだ。思ってはいた、けれども。

「へー！　そうなんですね～、真山《まやま》くんの成績アップのために」

「ええ。人に教えるのは自分の復習にもなりますしね」

ニコニコ、ほえほえ、と、タイプの違う笑顔を向かい合わせる柚月《ゆづき》とゆかり。ゆかりの横には寅彦《とらひこ》もいて、恭二《きょうじ》と一緒に二人のやり取りを眺めている。

いつものように保健室で勉強を教わっていたところに、ゆかりと寅彦がやってきたのはつい先ほどのことだった。事情を説明がてら休憩を兼ねて、そのまま四人で雑談タイムと相成ったのだけれども。

「ってことは……やっぱり白瀬《しらせ》先輩と真山くんは、お付き合いをしてるんですか？」

んげほっ、んごほ、と、柚月が咳《せ》き込む。

「え、ええ、まあ……そうとっていただいても構いません」

「わー！　やっぱりそうなんだー！　おめでとう～」

ぽふぽふぽふ、と、手を打ち合わせるゆかり。

「……やっぱり、ってなんだよ」

「だって、この前、二人でマンションに入っていくのを見かけたから。『絶対そうだよ！』ってトラくんと話してたんだよ」

ねートラくん、おーまあな、と、やり取りする声が耳を素通りしていく。恐らく、隣の柚月も同じ精神状態だろう。

「違う、違う！　誤解だそっちは‼　勉強教わりに行って、買い物つきあったのはそのお礼！」

「？　じゃあ、付き合ってるわけじゃないの？」

「……いや。そうではない、けど」

「だよね！　やっぱりおめでとうだよね！」

これ以上否定もできず、恭二は頭を抱えたくなる。横の柚月はすっかりフリーズして無言。

「でも、いいなぁ。私も白瀬先輩に勉強教わりたい」

「……あら。そういうことなら構いませんよ。今度、皆さんでうちに来てください」

ようやく反応できる話題を見付けたようで、柚月が再起動した。

「やったー！」と無邪気に喜ぶゆかりを横目に、恭二はこそっと柚月に耳打ち。

「……いいんですか、安請け合いして」

「安請け合いとは失礼な。私だって、三池《みいけ》さん達とはもっと仲良くなりたいと思っているんです。いい機会ですから」

だってお二人は真山くんのお友達でしょう、と。てらいなく告げられて、ちょっと面食《めんく》らう。

かくして。勉強会の日取りは、次の日曜日に決定した。

◆◆◆

……しかし、柚月はどこまでいっても柚月である。

一人だけ、集合時間の数時間前によびだされていた時点で、恭二にはある程度展開が予想できていたのだった。

「ど、どうしよう真山くん⁉　お菓子はこれで大丈夫でしょうか⁉　お二人の好みがわからなかったので、甘いのとしょっぱいのとすっぱいのと激辛、和風と洋風と中華で一通り揃《そろ》えてはみたのですが⁉」

「そうですね、とりあえずおちつきましょうか先輩。あと、その業務用のアイスは冷凍庫に入れましょう」

わたわた、うろうろとリビングを歩き回る柚月を、ひとまずソファに座らせる（アイスは取り上げる）。

「そんなに緊張しなくても大丈夫ですって」

「だって！　お友達を家に呼ぶなんて初めてですし！」

いつもなら『私に掛かれば余裕です』などと見栄《みえ》を張るところだろうに、今はその余裕もないらしかった。言葉通り、よっぽど緊張しているのだと思う。しっかりと袖を摑まれて、恭二は立ち上がることもままならない。

「そんなテンパるぐらいなら、自分から『うちにどうぞ』なんて言わなきゃ良かったのに……」

「だって！　だってあの時はなんかノリと流れと勢いで！　つい口から出ちゃったの！

いける気がしてたの！」

わーん！　と泣き声も情けなく、柚月はそりゃもう盛大に目を回す。頭のアホ毛もぐるんぐるん回る。このままプロペラ化して空に飛び立ちそうなほどに。

「大丈夫ですって。……その。何かあったらフォローしますし」

「本当ですね⁉　信じてますからね⁉　絶対ですよ⁉」

切羽詰まった柚月が顔を近付けてきたところで、インターホンが鳴った。「にゃあ⁉」と柚月は猫みたいな悲鳴、そのままソファから転げ落ちる。

……動けなくなった柚月に代わり、恭二は呼び出しに応じた。「先輩ー、真山くん。やっほー」とカメラに向かって手を振るゆかりが画面に映る。

「ほら、先輩。トラ達もう来ますから。立ち上がって。深呼吸して」

「だ、だだ、大丈夫です。ここ、ここまできたら、も、もう腹をくくりますとも……」

わなわな震える柚月はどう見ても大丈夫ではなかったが、それでもしっかりと、自分の足で立ち上がった。

それなら、恭二のやることは、『大丈夫ですか』なんてわかりきった問いを投げかけることではない。

柚月の口にした不器用な大丈夫が本当になるように、フォローすることだ。

◆◆◆

「お邪魔しまーす」

「ども。世話んなります」

「はい。三池さんも青柳《あおやぎ》くんも、来てくださってありがとうございます」

「真山くんも、お邪魔しまーす」

「いや、俺の家じゃないし……」

流石《さすが》と言うべきかなんなのか。寅彦とゆかりが到着する頃には、柚月はもういつもの調子を取り戻していた。『ふふ』と浮かべた笑顔も上品に、玄関で二人を出迎える姿は一分の隙もなくオトナで完璧。ほんの数分前まで、アホ毛で空を飛ぼうとしていた生物と同一人物とはにわかに信じがたい。

「わー、ここが白瀬先輩のお家《うち》なんだー。すっごいオシャレ！」

「ミケ。あんまあっちこち見回すなよ。失礼だろ」

「いえいえ、構いませんよ。いくらでも見ていってください」

子供のようにきょろきょろと辺りを見回すゆかりを、寅彦が軽く小突く。

その辺、寅彦は意外にもそつがない。手に持っていた紙袋を軽く掲げて、柚月にお辞儀する。

「これ、土産です。食べてください。……そういや、家の人とかって」

「いえ。私、一人暮らしなもので」

何気ない様子で口にされた一言に、ゆかりが「そうなんですか⁉」と反応を示す。

「わー！　一人暮らしだって！　すごいね、トラくん！　やっぱり白瀬先輩はオトナだね！」

「いえ、そんな。そんな大したことでは。ええ、本当にそんなうふふふ」

立ち話もなんですから、と、柚月はゆかり達をリビングに通す。

二人の背中がリビングの向こうに消えるその刹那。柚月がこっちを振り向いて、『どうですか⁉』と笑顔を向けてきた。ゆかりに『すごい』と言われたのが、よほど嬉《うれ》しかったのだろう。

その、輝かんばかりのドヤ顔といったら。

思わず、頭を撫《な》でてしまいそうになったのは、その表情が子供の頃の妹にそっくりだったからだと思う。もちろん、実行する前に思いとどまったけれども。

◆◆◆

広いリビングの、これまた広いローテーブルに、各々《おのおの》教科書とノートを広げる。『さてどうしようか』という視線が交錯する中、口火を切ったのは柚月。

「私は試験の範囲は一通り済ませてありますから。あとは復習がてら、皆さんに質問があればお答えしようかと。真山くん達は、特に重点的に勉強したい強化はありますか」

「俺は……数学ですかね」

「私はねー。数学とー、現代国語と、古文と化学と歴史と……」

「はいはい、全部だな。じゃあ数学からやるか。俺も復習しときたいし」

意外……と言うのもなんだが、どうやらゆかりはあまり、勉強が得意ではないらしい。

一方、その隣でゆかりの頭を撫でる寅彦は思いのほか余裕そうで、こちらも意外と言えば意外だ。

「もしかして……ってのもあれだけど。トラって数学得意だったりするのか」

「得意かって言われるとそうでもないけどな。真面目に勉強してるつもりではあるぜ」

その言葉の通り、広げられたノートの中身はマメで丁寧。この分なら、成績もさほど悪くはないのだろうと思えた。なんなら恭二のほうが危ういかもしれない。

「疲れたらいつでも言ってくださいね。お菓子ならたくさん用意しましたから！　カードゲームもありますよ！」

「勉強しましょう、先輩」

ほんのりボロを出しかける柚月にツッコミを入れつつ、皆で教科書に向かう。

なんだかんだ真面目な面子《メンツ》が揃っているのもあって、最初のうちは雑談も挟まず、黙々とシャーペンを動かす時間が続いた。

が、しばらくすると。

「……トラくんー。ここ」

眉を八の字にしたゆかりが、くいくい、と寅彦の袖を引く。寅彦も慣れた様子でゆかりのノートを覗《のぞ》き込み、『あー』と納得の一声。

「これはほら、xをこっちに持ってきてな」

「うんうん……こう？」

「そうそう。できてんじゃん」

「えへー」

よしよし、と頭を撫でられて、ふにー、と目が線になるゆかり。

つくづくマイペースなカップルだな……と思って見ていると、不意に、横顔に視線を感じた。

見れば、柚月が何か言いたげにこっちを見ていて。しかし恭二と目が合うと、その顔はふいっと逸《そ》らされる。

「……どうかしました？」

「な、なんでもありません」

言葉とは裏腹に、『なんでもなくないです』と顔一杯に主張しながら、柚月は立ち上がった。そしてわざとらしく咳払《せきばら》い。

「……お茶のおかわりを用意してきますね。皆さんはそのまま勉強を続けていてください。すぐ済みますから」

……などと言いつつ、キッチンへと向かう間際《まぎわ》、柚月がチラッと恭二の顔を見てきたのに、気がつかないわけもない。

「……先輩。俺も手伝います」

恭二が立ち上がると、ぴくっ、と柚月の肩が揺れた。しかし断られはしなかったので、そのまま二人でキッチンに向かう。

恭二は知るよしもない。そんな二人を見送るゆかり達が、微笑《ほほえ》ましげな顔をしていたことなんて。

◆◆◆

一人でも大丈夫だったんですよ、と。二人きりになるなり、柚月は開口一番に言う。

「いいんですよ。ちょうど休憩したかったんです」

「も、もう！　真山くんはまたそうやって！　ちゃんと真面目に勉強しなくてはだめじゃないですか」

「いえ。休みたかったのは勉強じゃなくて、あの二人と同じ空間にいることのほうです」

「ああ……」

それについては、柚月も共感するところがあったのだろう。納得した様子で頷《うなず》いて、お茶の支度に取りかかる。

茶葉を出し、お湯を注いで、抽出を待つその合間。

「……と、ところで。三池さん達と言えばですね」

「はい」

「な、仲が良かったですよね」

「良すぎるくらいですね。……まあ、付き合ってるわけですし。あんなもんなのでは」

「そっ、そういうことなら！　私たちも付き合っていることになっていると思うのですがっ」

勢い込んで、前のめり。頭突き一歩手前みたいな距離に詰め寄られ、思わず後ずさる。

「それは、まあ……確かにそうですけど」

どうやら、先ほど柚月がこっちを見てきたのはそういうことらしい。

「わ、私は、三池さんのように質問したりはしないですが、それは、ちゃんとわかっているからなんです！　予習と復習の成果なんです！　努力しているんです！」

「それはもちろん、わかってますよ」

「……だ、だったら」

むぐ、と口を噤《つぐ》んで、柚月は下を向いてしまった。でも、言いたいことは伝わる。

頑張ったらご褒美《ほうび》、と。いつぞやの柚月の冗談が、ふと蘇《よみがえ》った。

「……先輩は、頑張ってますね」

そっと、手を伸ばす。嫌がる素振りが見えたらすぐに謝ろう、と思いつつ。

でも、伸ばした手のひらが柚月の頭に触れた瞬間。彼女が見せたのは拒絶の態度ではなくて。

「な、なんですかっ。わた、私はオトナなんですよ。あ、頭を撫でられて、嬉しくなったりしないんですよ！」

「わかってますよ」

「そ、そうです！　私はオトナなんですから。だから、これは、真山くんが撫でたいなら……付き合ってあげるって、それだけですから！　私は、オトナですから！」

「ありがとうございます」

なんて、口では言いながら。わずかに俯《うつむ》いた柚月の顔は、見てわかるほど嬉しそうだった。ほのかに口元を緩めて、頬がバラ色を帯びる。

こんなに幸せそうに笑った顔を、恭二は他に知らない。

それは単に、褒めてもらえたのが嬉しかっただけなのか。それとも……そんな考えが脳裏を過《よぎ》って、それ以上の思考を意図的に遮る。

あとはただ。雑念を追い払うように、目の前の笑顔だけを、じっと見つめていた。

◆◆◆

その後は特に問題も起きず、粛々と自習の時間が続く。

変化があるといえば、時折ゆかりが「トラく～ん……」と隣の寅彦に泣きつくことぐらいだ。そのたびに寅彦が二言三言アドバイスしてやって、ゆかりが笑顔になり、その繰り返し。

こうして見ていると、寅彦はかなり教え方が上手《うま》かった。二人の付き合いは中学からだと聞くし、今までにもこうやってゆかりに勉強を教えてやっていたのだろう。

……そして、そんな二人を横目に。自分の勉強そっちのけでチラチラと周囲を窺《うかが》っている、柚月の姿。

（質問されたいんだろうなぁ……）

勉強会を始めるときの、『なんでも聞いてください！』と告げた笑顔を思い返す。寅彦達の手前、いつもの優等生仕様の余裕を崩すことはなかったけれども、内心得意になっていただろうことは疑いようもない。

「……み、三池さん？　良かったら、私に質問してくれてもいいんですよ？　ほら、青柳くんも聞かれてばかりでは自分の勉強が進まないでしょうし……ね？　遠慮しなくてもいいんですよ？」

「ああ、大丈夫っすよ。自分の復習にもなりますし。白瀬先輩は自分の勉強進めてください」

「そ……そう、ですか」

そう言われてしまっては、『いえ！　どうしても教えたいんです！』などと子供丸出しの本音を言い出せるわけもない。すごすごと自分の勉強に戻りながらも、その両肩はしょんぼりと落ちたまま。

「……あの、先輩」

「なんですか！　どこかわからないところでもありましたか！」

見るに見かねて、恭二が声を掛けた途端。しゅばっ、と、顔を上げた柚月が身を乗り出してくる。予想を上回る食いつきの良さだった。

「えっと、ちょっとわからないところが」

「ふふふ、いいんですよ！　何でも聞いてくださいね！　それで、どこですか？　どの問題がわからないんですか？」

ぐいぐい、とさらに身を寄せてくる柚月。ローテーブルを回り込んで、真横からくっつくように手元を覗き込んでくる。

近かった。普通に。

「ちょっ……あの。先輩」

「あっ。真山くん、ここのところ、間違っていますよ。確かに、ちょっと意地悪な問題ですから、引っかかりやすいのは仕方がないですけど。ここはですね……」

恭二はちょっと慌てるが、柚月は質問してもらえたことが嬉《うれ》しいようで、こちらの動揺には全く気付いていないらしい。ついでに言えば自分達の距離感にも。

半ば押し付けられるように、柚月の肩が腕に触れて。すぐ横で揺れる髪からはシャンプーのいい香り。ついこの前、湯上がりの柚月を介抱したときのことをうっかり思い出したりしてしまって、もう恭二は気が気じゃない。

……ふと、視線を感じた。顔を上げると、テーブルの向かい側から、ニコニコとこっちを見つめる顔が二人分。説明するまでもなく、寅彦とゆかりだった。

「真山くん、ちゃんと聞いているんですか？　もう、しょうがないですね」

顔を上げ、ふふっ、と笑って。柚月はどこか得意げに、恭二の頬を指で『つん』と。

本当に、一体誰のせいで集中できないと思っているのか。

でも、それを指摘したら、柚月はまたいつものように、赤くなって慌て出すかもしれない。寅彦やゆかりが見ている前で、それはまずいと思うわけで。

仕方なく。恭二はされるがまま、黙って柚月に教えを請《こ》うのだった。

第十二話

優等生の柚月《ゆづき》先輩曰《いわ》く、勉強というのはダラダラと長時間続けるより、定期的に休憩を挟んだほうがかえって効率も良くなる、らしい。

それが理由なのかは定《さだ》かでないが、『そろそろ休憩にしましょうか』と言い出したのは柚月だった。既に飽きの気配を滲《にじ》ませていたゆかりは「わーい！」と諸手《もろて》をあげて賛成、恭二《きょうじ》と寅彦《とらひこ》にも異存はなく、それじゃあお茶でも、という流れになったのだが。

「ん、む……にううう……」

横に座る柚月の口から、絞り出すような呻《うめ》き声が聞こえてくる。鋭く細めたその目が見据えているのは、ボードゲームの手札だ。

『私、実はボードゲームを集めるのが趣味で、色々と持っているんです。せっかくですから、休憩の間、少しだけ皆で遊びませんか？』

そう言って、柚月が部屋から大量のボードゲームを抱えてきたのは小一時間ほど前。気付けば勉強そっちのけで、皆して遊びほうけてしまっている。中でも誰より熱中しているのは、意外にも……ということも実はない、柚月その人。

「…………」

熟考の末、柚月は手札から一枚選んで場に出す。これでようやく、全員分のカードが場に出そろった。

ゲームのルールはシンプルで、数字の書かれたカードを一斉に場に出し、数の大小で並べていく。その順番次第でマイナス点が加算され、誰かの持ち点がなくなったらゲーム終了、というものなのだけれど……。

「やったー！　一番ー！」

わーい、と、持ち点一位をキープしたゆかりが、元気よく万歳する。ちなみに二位は恭二、三位は寅彦で……とくれば。

「うにゃぁぁぁ……なんでぇぇぇ……」

恭二にしか聞こえない程度の小声で、柚月が呻く。というか泣く。

まあ、場に出すカード場に出すカード全部でマイナス点を獲得していたらそらそうなる、というのが恭二の感想ではあった。毎回あれだけ考え込んでいるのに、どうして必ずマイナスを食《く》らうのか、端《はた》から見ていても解《げ》せない。よく考えたからって何もかも読み通せるわけではないとしても、もうちょっと上手いことやれてもいいだろうに。

しかし、そこは柚月。ゲームの腕が実はポンコツだなんて、あまつさえ負けたのが悔しくてにゃーにゃー泣いているなんて、意地でも知られるわけにはいかないのだろう。

ぐっ……と唇を引き結んで、ごしごし顔を擦《こす》り。ゆかり達に向き合ったときにはもう、そこにはいつもの、穏やかな微笑《ほほえ》みが浮かんでいるだけだった。

「お、おめでとうございます三池《みいけ》さん……楽しんでくれたみたいで、何よりです」

「ありがとうございます！　えへへ……白瀬《しらせ》先輩に勝っちゃった。ねー、トラくん。私、すごいかな？　ゲームの才能あるかな！」

「嬉しそうなのはいいけどな、ミケ。白瀬先輩はな、お前が楽しめるようにって手加減してくれてんだから。それ忘れんなよ」

「え⁉　そうなの⁉」

「本当に上手い人はそう簡単に本気出さないもんなんだよ。ほら、もう一回お礼言っとけ」

「ありがとうございました、白瀬先輩！　私、今度は本気の先輩と戦えるように頑張る！」

「い、いえ、そんな……謙遜しなくても、三池さんは、十分実力があると思いますよ。きっとすぐに、私なんて追い越してしまうと思います」

「え、そうかな⁉　ねえ、トラくん！　私、ゲームの才能あるって！」

「よしよし、良かったな」

ゆかり達がいちゃコラしだしたのをいいことに、柚月は再び顔を俯《うつむ》け、「ううう……」と悔しさを噛《か》み締《し》める。

しかし、さすがにオトナの女として、「もう一回です！」とは言い出せなかったようで。

その後は大人しく、お開きの時間まで勉強に励む四人だった。

◆◆◆

普段、勉強なんかしていると、時間の経過がひたすら遅く感じられる。

でも今日は、勉強会という慣れない環境のせいなのか。それとも、柚月や寅彦の教え方が上手くて、いつもよりも捗《はかど》ったおかげなのか。気付けばあっという間に時間は過ぎて、解散の時間が迫りつつあった。

立つ鳥跡を濁さず、ということで、帰る前に軽く掃除を手伝っていこうという結論になり。しばらくは柚月の指示の下、四人で床を掃いたりテーブルを拭いたりしていたのだっ

たが。

「……あ！　たいへんだよー、トラくん。私たち、このあと大事な用事があるんだったよね！　今すぐ帰らなくちゃいけないよね！　わー、急がないとー」

ある程度片付けを進め、『残りの作業は四人でやる必要もないかな？』と恭二が思い始めた矢先。唐突に寅彦の腕を摑《つか》んで、ゆかりが鼻息も荒く言う。見るからに全然大変そうでも急いでもいない、あからさまな棒読みである。

しかし、寅彦はそれにツッコミ返すでもなく、「そうだなー。そういえばそうだわー」と同程度の呑気《のんき》さで応じた。こちらは棒読みというより、隠す気がない、という感じ。

白々しいカップルは「うん」と頷《うなず》き合い、揃《そろ》って恭二達を振り返った。

「ごめんね、真山《まやま》くん。残りのお片付け、お任せしちゃってもいいかな？」

「いや、別に……そんなのはいいけど」

本当に用事があるんならばもちろんいいのだけれども。なんなのだろうか、二人のこの、微笑ましげな笑みは。

「じゃあな、真山。頑張れよ」

「何をだよ」

問いかけには答えず、寅彦はぽんと肩を叩《たた》いてきた。そのままゆかりと二人、柚月に挨捗してさっさと玄関に向かってしまう。

（たく、そういうんじゃないって言ってるのに……）

……いや。厳密にはそういうんじゃなくもないが。だからって、こうもあからさまに二人きりにされるのは。

「……真山くん」

柚月の声。それが思ったより近くで聞こえて、思わず、肩が跳ねかける。

振り返ると、柚月は片付けに戻るでもなく、恭二のすぐ後ろに立って、じっとこっちを見上げていた。何かを請うような、その瞳。

「……三池さん達、帰ってしまいましたね」

「そう、ですね」

「……二人だけ、ですよね」

「そうです、けど……」

柚月が何を言い出そうとしているのかわからない。わからない、はずなのに、体は勝手に何かを予感して――あるいは期待して？――心臓が、ドクドクと。

「あの、真山くん……。実は私、真山くんにお願いがあって」

――今日は、帰らないでほしいんです。

告げられた言葉はどこか遠く聞こえて、恭二は最初幻聴かと思った。

でも、顔を上げた柚月は真っ直《ます》ぐにこちらを見ていて。潤んだその瞳が伝えてくる、聞き間違いなんかじゃないと。

「なん……ですか、急に」

「き、急なんかじゃありません！　本当は……三池さん達が帰る前から、ずっと考えていたんです。二人が帰ったら、言おうと思っていて……」

「けど……」

『帰ってほしくない』って、それはつまり、泊まっていけと。そういう解釈で合っているのだろうか。

泊まる。一人暮らしで、柚月しかいないこのマンションの部屋に。

それは、

「……いや。いきなり言われても、無理ですって。家事の手伝いなら、また日を改めてきますから――」

「それじゃだめなんです！　今日！　今がいいんです……！　このまま、うちにいて！」

れ込む。

「せんぱ――うわっ」

立ちはだかるように、柚月が恭二の前に回る……と思ったら、そのまま勢いよく飛びついてきた。体当たりでもするかのよう。勢いを受け止めきれず、恭二は背後のソファに倒れ込む。

「ててっ……危ないじゃないですか。いきなり――」

抗議しようと顔を上げて。しかし、その後は続かない。

「……帰らないで。お願い」

今にも泣きそうに、切なげにねだる声は、真上から。

押し倒されているのだ。柚月に。

「帰らないって、いってくれるまで、どきませんから」

恭二を押さえ込むように、腹の上に乗っかった体がぐっと体重を掛けてくる。でも、重みなんてろくに感じなかった。華奢《きゃしゃ》で柔らかな体つきを、ただ間近に感じるだけ。

押しのけようと思えばきっと簡単だったのに、恭二は少しも動けなかった。この場で柚月がどうしようと、何をされても、抵抗なんてできないだろう。柚月の潤んだ瞳を見上げていると、そんな気持ちにさせられる。

「……帰らないって、いってよ」

言葉は、まだ出てこなかった。けれど、半ば無意識に、操られるようにして頷く。

ぴく、と柚月の肩が揺れた。強張《こわば》っていた体から、力が抜けていくのがわかる。ホッと息を吐いた唇が、そっと綻んで。

「……真山くん」

――こっちに、来て。

◆◆◆

「うにゃぁぁぁ！　また負けたあああ‼」

なーんーでー！　と、悔しげな叫びが元気に木霊《こだま》する。

「もう一回！　もう一回です真山くん！　私の本気はこんなものじゃないんです！　ようやくコツが摑めてきたところなんですから！　次！　次こそは勝ちます！　私がオトナの

女だというところを見せてあげますから！」

鼻息荒く告げて、柚月は恭二の返事も聞かずに、再びカードを配り出す。

（帰らないでほしいって、そういう……）

さっきのゲームで負けっ放しになったのが、よほど悔しかったのだろう。二人が先に帰ったのをこれ幸いと、本性を現した柚月はいつもの子供っぽさ丸出し、負けず嫌いもむき出し。『私が勝つまでやめません！』とばかりに、恭二を付き合わせて延々ボードゲームをしているのだった。

（いや、わかってたって。どうせ先輩のことだからそんなことだろうと思ってたし……）

だから決して、変な想像とかしてないし。

「さあ！　真山くんもカードを出してください！　さあ早く！　ほら早く‼」

「あの、でも先輩……さすがに俺もそろそろ帰らないとマズいんですけど」

「でもだってまだ勝負ついてないもん！　泊まっていってくれていいから！　お布団《ふとん》ならあるから！」

「無茶言わないでくださいよ……」

「い、いいじゃないですか！　私たちは付き合ってるんですから！　か、かれぴ――ゲホン、ゴホン、うぇふぁふえ！」

異音、と言うほかない謎言語を口から発して、柚月が唐突に咳《せ》き込む。

しばらくゲホゴホとやってから。

「かっ……彼氏が、彼女の家に泊まっていくのは、よくあることです！　オトナとしての一般常識に照らして考えれば、なんにもおかしくはありません！」

「そりゃ大人の皆さんはそうでしょうけども」

しかし、自分達は高校生の身である。葉月《はづき》にだって、『健全なお付き合いをする』と約束しているのだ。保護者に無断で、一人暮らしの彼女の家に泊まったりなんて、どう考えても問題しかない。

柚月だって、自分が無茶を言っていることがわからないわけじゃないんだろう。おかしくない、と言い張りながらも、恭二からの反論を聞きたくないみたいに、頰を膨れさせている。

拗《す》ねたように、つん、と尖《とが》っていたその唇が、小さく動いた。

「だって……初めてなんだもん。こんな風に、お友達と遊ぶの」

子供そのものの言い分。

でも、だからこそ、反論できなくなってしまった。

だって、わかるからだ。それが柚月にとって、掛け値なしの本音だって。

（意外……ってことも、ないのかな）

なんでもこなしてしまうように見えて、本当はちっとも器用なんかではないことを、もう知っている。

タイムマネジメントがどうとか、得意げに言っていた顔を思い出した。きっと今までも、優等生でいるために、オトナの自分を目指すために、時間の大半を努力に当ててきたのだと思う。普通の学生が、普通に友達と遊ぶ時間を削って。

しょうがないな、と思う。でも、そんなことを考える自分の口元が笑っていることに、恭二は気付かざるを得ないのだ。

「……いいですよ。俺でいいなら、いつだって付き合います」

「真山くん……」

うなだれていた柚月が顔を上げる。ちら、と、その目が窺《うかが》うように恭二を見上げて。やがて、はにかむように笑う柚月に、恭二もちょっと笑って返し。

「でも今日はさすがに遅いので、続きは今度にしましょう。大丈夫です、ゲームはなくなりませんから」

「やだー‼　もう一回！　あと一回だけ！　一回だけでいいから——‼」

立ち上がりかける恭二の腰に縋《すが》り付き、柚月はジッタバッタと両足をばたつかせる。言い訳の余地もなく駄々っ子であった。

「ちょっ、先輩！　脱げる、ズボン脱げますって……！　って、ていうか、スマホ！　スマホ鳴ってますよ！」

少しでも柚月の注意を逸《そ》らすべく、テーブルの上のスマホを指差す。

とはいえ、別に嘘《うそ》を言ったわけでもなく、柚月のスマホには実際に電話が掛かってきていた。恭二の腰をしっかりとホールドしつつ、柚月は手探りでスマホを摑《つか》んだ。画面を見て、それから。

「はうっ⁉　お、お姉ちゃん……！」

「えっ」

驚く恭二に、柚月が画面を見せてくる。そこにはしっかりと、『お姉ちゃん』と名前の表示が。

「なんでこんなタイミング——いや、それより、出なくていいんですか」

「だ、だって……！」

柚月がオタオタしてる間に、電話は切れてしまった。

なんとなく、二人して『ほっ……』と胸を撫《な》で下ろしたのもつかの間。ポポン、と、スマホのロック画面に通知が。

『やっほー』

『近くまで来たからちょっと寄っていい？』

メッセージの後には、ニッコリ笑ったヒヨコの絵文字。しかし何故《なぜ》だろう、その愛くるしいニコニコ顔が妙に恐ろしく見えてしまうのは……。

「ま、真山くん、すぐに支度を！　今すぐどこかへ出掛けましょう！　私たちは今日、家にはいなかったということで！」

「いや、そんな慌てなくても！　そりゃお姉さんとあんまり顔合わせたくないのはわかりますけど！　……え？　まさか今日俺達が来ること言ってないんですか⁉」

「そ、それは大丈夫です！　ちゃんと説明してあります！」

「じゃあ家にいなかったら逆におかしいでしょうが！　しっかりしてくださいよ！」

「だ、だって、だってぇ～」

突然の来訪によっぽどびっくりしたのか、柚月はほとんど目を回しそうだった。

普段に輪を掛けてポンコツと化す柚月を叱咤《しった》して、恭二はひとまず広げっぱなしのゲームを箱にしまう。

家のチャイムが鳴ったのは、柚月が正気を取り戻したわずか数分後だった。

第十三話

「や、真山《まやま》くん。久しぶり……ってこともないのかな？　まあ、細かいことはいっか。元気そうで何より。また会えて嬉《うれ》しいよ」

「……どうも」

ニッ、と気さくに笑う葉月《はづき》に、小さく頭を下げる。

連絡はちょくちょく（一方的に）もらっていたけれども、直接顔を合わせるのは、『柚《ゆ》月《づき》と付き合っている』と話にいったあの日以来だ。つられるようにあの日の出来事も思い返してしまって、恭二《きょうじ》はなんとなく背筋がむずつく。葉月を目の前に、柚月と並んで座っているというこの状況も、余計にあの日の出来事とダブった。

「てか、二人ともそんなとこ正座してなくても。ソファ座ったら？　いいよ、私は端っこで」

「いえ、大丈夫です」

「んー？　そっか、そっか。柚月と二人がいっかー」

にっまー、と、葉月が笑う。反応したら負けだとわかっていたので、恭二は極力表情を変えないように努める……横にいた柚月はそうはいかなかったようで、げっほんげっほん咳き込んでいたが。

「調子はどう、柚月？　野菜はちゃんと食べてる？　お菓子ばっかり買い込んでないよね？」

「あ、当たり前じゃない！　私はオトナだもん！」

大嘘こきながら、柚月は視線だけで、「言わないでね!?　ね!?」と懇願。

もちろん、そんなあからさまなアイコンタクトは葉月には全部バレていて、すかさず、恭二のほうに質問が飛んでくる。

「柚月はこう言ってるけど。どうかな、彼氏の真山くん」

ニヤニヤと笑う顔は、質問の答えをとうにわかっている。これは要するに、『で、どっちに付くの？』という問いかけだ。

もちろん。そういうことなら、恭二の返答は決まっている。

「心配しなくても、先輩はちゃんとしてますよ」

「ふーん。なるほど」

『それだけ？』と。挑発するように、葉月が口の端を持ち上げる。

この人本当に……と思いながらも、恭二は受けて立った。

「……俺がついてるんで。先輩のことは、任せてください」

「ふふ、了解。彼氏の真山くんがそう言うんなら、信じてあげる」

実に満足げにそう言って、葉月は立ち上がった。柚月が、ちょっと意外そうな顔をする。

「え？　も、もう帰るの？」

「うん。真山くん来てるっていうから、ちょっと顔見に来ただけだしね。二人とも元気そうだし、相変わらずラブラブみたいだし、それだけわかれば十分」

「ら、らぶっ」

ぷしゅっ、と、横の柚月が煙を噴いた気がした。その場を転げ回りたい衝動を必死に我慢するように、体が前後左右小刻みに揺れる。

「でも、さすがにこのままお泊まりってのはオッケーできないかな。ってわけで、真山くんもおいで。もういい時間だし、送ってあげるから」

「いいえ、結構です。電車で帰ります」

「えー、いいじゃない。もう知らない仲じゃないんだし」

「まだ片付けも終わったわけじゃないですし……もう少し先輩を手伝ってから帰りますよ。心配しなくても、隠れて泊まっていったりはしないので」

「オッケー、わかった。真山くんがそう言うなら信じるよ」

きっぱり言い切ると、葉月はむしろ楽しげに笑った。

「じゃあね、柚月。ちゃんと野菜も食べて、夜更《よふ》かしはしないで、歯磨きして、真山くんとは健全なお付き合いするんだよ？」

「わかってるもん！　子供じゃないんだから！」

最後にきっちり柚月を膨れさせてから、葉月は部屋を出て行った。去り際、恭二にだけ、チラッと目配せを寄越しつつ。

思いのほか穏やかなその眼差《まなざ》しは、『柚月をよろしく』と言う声が聞こえるようで。

（あの人なりに、先輩のことは可愛《かわい》がってるんだろうな……一応）

果たして柚月には、その辺り伝わっているのだろうか。柚月だって、姉のことは決して嫌いではないように見えるけれども。

「……良かったんですか。送ってもらわなくて」

尋ねる声に隣を見ると、柚月は妙に気弱な顔。

何を気にして、何を心配しているか。言われなくてもよくわかるその表情に、恭二は気付けば噴き出していた。途端、柚月の顔が真っ赤に染まる。

「な、なんですかっ。笑わなくてもいいじゃないですか！　というか何がおかしいんですか⁉　そ、そんなに変な顔でも……！」

「いいんですよ。前にも言ったじゃないですか。俺、あの人ちょっと苦手だって」

嫌いとまでは、言わないけれども。誰の味方かって、そう聞かれたら、恭二の答えは一つしかないから。

小さなことでも、子供じみていても。選ぶのはいつも、一番大事なことでありたいのだ。

「先輩を、一人にしたりしませんよ。ほら……彼氏、ですし。一応」

柚月が何か言う前に、顔を背けた。早く片付けを始めないと帰りが遅くなるからと、そういう体で、柚月のほうは見ずに作業を始める。

顔の赤みが収まるまで、背中に感じる視線には、気がつかないフリをした。

第四章
訪問(されるほう)

第十四話

「――はい、そこまでです」

アラームの音、そして柚月《ゆづき》の声掛けを合図に、恭二《きょうじ》はシャーペンを置いた。

柚月の家のリビング。目の前のローテーブルには、今の今まで解いていた疑似テストの答案がある。去年の出題内容を参考に、柚月が特別に用意してくれたものだ。

これが全教科分あるというのだから、本当に恐れ入る。恭二の前では何かと子供っぽい面が目立つ柚月だけれど、この面倒見の良さは、先輩として十分に尊敬できるところだ。

「それじゃあ、採点を始めましょうか。どうでしたか、真山《まやま》くん。手応えは？」

「採点してみるまではなんとも。自分では、そこそこできたと思ってますけど」

「ふふふん、当然です！　私が教えてあげたんですから！」

得意げーにふんぞり返る柚月を横目に、その場で自己採点を始める。

……だめだったときにからかわれそうなので、あまり大きなことは言えなかったが。正直にいえば、かなり自信はあった。こと勉強や試験に関して、こんなに手応えを感じられたのは初めてかもしれない。

このまま順調にいけば、本当に、学年上位も夢ではないかもしれない。

――そういうときに限って、突然体調が悪くなったりするのだ。人間という生き物は。

(頭いてぇ……)

平日の、昼過ぎ。本来ならば教室で授業を受けている時間だ。

しかし恭二は朝から体調を崩し、未《いま》だにベッドから起き上がれずにいた。

熱はないので、風邪とかの類いではないと思う。ただ頭痛がひどく、頭を起こすとふらつく感じもした。

医者の言うところの、不定愁訴。恭二にとっては、『いつものヤツ』だ。このところ久しくなかったから、少し、油断していた。

とはいえ、原因に全く心当たりがないかといえば、それは嘘《うそ》で。

(やっぱ、睡眠不足かな……)

無理は、していないつもりだった。

それでも、いざこうして寝込んでから振り返れば、もう少し気を付けられたかもしれない、と思ってしまう。この時間までにやめよう、もう終わりにして寝よう、そう思ってはいても、なかなか机から離れられずに、決めていた時間よりも遅くベッドに入る日がたびたびあったのは事実だ。

……やめたくなかったのは、手応えがあったから。柚月に勉強を教わるうちに、今まで理解できていなかった問題がどんどん解けるようになって。『自分にもできるんだ』と、そんな実感がようやく湧き始めていたのだ。

だからつい、加減を忘れた。

試験の当日でなかったのは、本当に不幸中の幸いだった。『勉強頑張りすぎて当日熱を出しました』なんてことになったら、あまりにも悲惨すぎる。

(先輩……怒ってるかな)

『だからちゃんと睡眠を取りなさいと言ったのに!』と、ジタバタ怒りまくる柚月の姿が、痛む脳裏を駆け巡る。

いや、それとも……怒るのではなくて、気に病んでしまっているかもしれない。自分が無理をさせすぎたかもしれない、とか。

そして、もしそうであるなら、それは叱られたり、呆《あき》れられたりすることよりも、よっぽど。

（…………）

氷枕に頭を埋めつつ、枕元のスマホに手を伸ばす。柚月には朝のうちに、体調を崩した旨《むね》は連絡してあった。

でも、その時点では頭痛がもう限界で、柚月の返信を確認せずに寝てしまったのだ。

（……返事、来てるな）

少し緊張しながら、アプリのアイコンに指先を伸ばす。

『大丈夫です！　まだ本番までは時間がありますから！　きっと当日までには治ります！　間に合います！　大丈夫です！』

びっくりマークが踊り回る文面は、必死に励まそうとする柚月の顔が目に浮かぶようで。おかしさと、安堵《あんど》とで、つい笑ってしまう。

柚月からの返事はそれだけではなかった。そこから先は栄養の付く食べ物だとか、快適な眠りを促すヒーリングミュージックのプレイリストだとか、果ては『カワイイものを見ると免疫が上がるらしいです！』と、寝転がっている猫の写真を送ってきたりだとか。

撮られた写真はなんかブレているしアングルも微妙だしで素人《しろうと》感満載。言うまでもなく柚月が自分で撮った写真なのだろう。それが次から次へと送られてくるのだから。そりゃあ笑ってしまうというものだった。

しばらく、無駄に十数枚も連写された猫の写真（ただ寝ているだけ）を眺めて。メッセージ欄に、『ありがとうございます』と打ち込む。

病は気から、なんて言葉があるけれど。ひとしきり笑ったら、なんだか頭痛も少しマシになったように思う。

このまま治してしまおうと、布団《ふとん》を被《かぶ》り直し……かけて。その途端、スマホに新しいメッセージの通知が。

柚月からかと思ったら、送信者は寅彦《とらひこ》だった。

『調子はどうだ？　授業のことは心配すんなよ。ノート貸すし』

『それと、ゆかりが見舞いに行きたいらしいんだけど、大丈夫そうか？』

『行ってもいいなら、ついでにノートのコピーも持ってく』

最後のメッセージを読んで、少し考える。

もし、夜までに体調が戻ったら。今日の授業のノートがあれば、すぐに勉強ができるかも。遅れを気にせずに済むかもしれない、と。

（まあ、それで無理したら本末転倒だけど……）

それに……見舞いに行く、という寅彦達の申し出を、それほど憂鬱に感じていない自分がいた。今までだったら、そんな風に周りから心配されることは、好きではなかったのに。

自身の、心境の変化を思う。そうなった理由についても。それは、寅彦やゆかりがいい奴《やつ》であるというのももちろんあるのだろうけれど。多分、それだけではなくて。

（……先輩にも。一位目指せって、言われてるしな）

あくまで、体調が戻ったときのため。無理はしないこと。

そう自分に言い聞かせ、恭二は『もてなしとかできないけど』と、寅彦に返事を送った。

◆◆◆

——呼び鈴の音に、目を開ける。

寝るつもりはなかったけれど、横になっているうちにいつの間にかうつらうつらしていたようだ。時計を見ると、とっくに学校も終わっている時間。

となると、この呼び鈴は恐らく寅彦達だろう。

体を起こすと、朝方にあったような目眩《めまい》はもう感じない。万全、とまではいかなくても、動ける程度には回復したと思って良さそうだ。

(……と、鍵開けにいかないと)

あまり応対が遅れると、まだ休んでいると思われて帰ってしまいそうだ。恭二は慌てて部屋を出て……自分の格好に気がつく。着ているのは寝間着代わりのジャージ。がっつりパジャマとかではないけれども、部屋着であることに変わりはない。

(……まあ、トラと三池《みいけ》ならいいか)

何しろマイペース同士のカップルである。格好がどうとか、二人とも一切気にしなそうだ。普段からお互いしか目に入ってないからかもしれない。

早くも胸焼けのような感覚を覚えつつ、足早に階段を下りて、インターホンを手に取る。

「はい」

『みゃっ⁉』

「……みゃ？」

驚きも露《あら》わな、特徴的すぎる鳴き声。

もちろん猫なんかではない。今までに何度も聞いてきたこの奇声は……というか、恭二の家のインターホンはカメラ付きなので、モニターを見れば、そこには普通に、焦《あせ》ったように手をわたわたさせる柚月の姿が。

「せ、先輩……？　え、あれ？　なんでここに……」

『ちちち、ちがっ！　勝手に押しかけたわけではありませんからね⁉　私は、青柳《あおやぎ》くん達に頼まれて……！　急用が、ノートを、おみまい、トドケっ……かわり、かわい！　につ！』

そんなに高性能でもないインターホンなので、カメラの画質はあまりいいとは言えず動きもカクカク。

が、そんなカクついた映像からも、柚月が玄関前で右往左往しているのが伝わってくる。

言いたいことも、大体。

（……あの二人）

急用がどうとか、確実に嘘だろう。最初からこのつもりで見舞いの話を持ちかけたのか、急遽《きゅうきょ》思いついたのかは知らないが……ややっこしいお節介を焼いてくれる。

「わかりました。とりあえず今、鍵を開けるので」

コクコク、カクカクと、モニターの中で柚月が頷《うなず》く。

それを確認してから、恭二はインターホンを……置こうとして。

思い出した。今の自分の格好を。

「……すみません。着替えたいのでちょっと待ってもらっていいですか」

柚月に断ってから、大急ぎで自室に戻る。

その道中、脳裏には何故《なぜ》か、ニコニコとこちらに向かって笑いかける寅彦とゆかりの幻影が。

『私たちはいいけど、先輩には見せたくないんだねー』

『だなー。まあそりゃなー。そういうことだわなー』

『そーゆーことだねぇー』


何がそういうことなのか、そもそもそういうこととはなんなのか。

もちろん幻が答えることはなく、なんか無駄に居心地悪い恭二であった。

◆◆◆

「じゃあ……どうぞ」

「お、おじっ、おじゃ！　おじゃじゃ！」

おそらくは『お邪魔します』と言いたかったのであろう鳴き声を口にして、柚月がごそごそと靴を脱ぐ。

「あ、あの。ところで親御さんはっ。陽菜《ひな》さんは！」

「あー、えっと、陽菜はまだ帰ってきてなくて。両親もまだ」

「そ、そうですか……」

それ以上、何を言っていいかわからなくなってしまったのか、柚月は黙り込んだ。せわしく行き交う視線は床をじっと見下ろして、頬はじわじわと赤みを増していく。

「緊張しています」という内心がこれ以上なく透けた顔。でも、恭二だって、心境は似たようなものだ。

突然の、柚月の訪問。しかも、家には恭二しかいないタイミングで、だ。どうしたって緊張して、振る舞いはぎこちないものになってしまう。

……しかし、それ以上に、恭二には気になって仕方ないことが。

「あの……つかぬことを聞くんですけど。その荷物は」

柚月が持ってきた……というか背負ってきた、馬鹿でかいリュックサック。一体何が詰め込まれているのか、パンパンに膨らんで今にも弾《はじ》け飛びそうだ。学校帰りらしい制服姿とは、あまりにも似つかわしくない非日常感。その無視しがたい存在感……というか違和感が、恭二の頭をかろうじて冷静にさせていた。

なんなら触れてはならなそうな気配すら感じたのだけれど、柚月としては、むしろ話す話題ができてありがたかったらしい。明らかにホッとした様子で、「これはですね！」と元気にリュックを開け始めた。

「お見舞いですからね！　真山くんが元気になれるよう、差し入れを色々用意してきました！　オトナの女たるものこういった気遣いもできなくては！　よいしょっと……まずこれはゼリーです。風邪と言えば冷たいゼリーですから！」

「それは、ありがとうございます……でもあの、量が多くないですか」

「気分によって食べたいものも変わりますし、味や食感も選べたほうがいいかと。売り場にあったものを全部買ってきました！」

それは全く誇張ではなかったようで、ミカンに桃にブドウにリンゴにと、ゼリーばっかり後から後から溢《あふ》れ出てくる。

ひょっとしてリュックの中身全部ゼリーなのでは、と思いきや。

「あとは、水分補給も必要ですからね。お茶にスポーツドリンク……これはビタミン飲料……それから冷却シート……これは暇つぶし用の本……寝ながらスマホが見られるスタンド……低反発枕も！」

「差し入れの域超えてますって」

「で、でも！　質の良《い》い睡眠のためには、寝具の見直しが一番大事なんですよ！」

「それはわかりますけど、だからって枕とかもらえませんよ。先輩の気持ちは嬉《うれ》しいですし、心配かけたのは謝りますけど……ここまでしてもらうわけには」

「だ、大丈夫です！　この枕は、私が予備用に持っていたものですから！　だから余分なお金は使っていません！　真山くんはそんなこと心配する必要はないんです！」

「……え？　先輩の？」

「あっ、な、何もお古を押し付けようとかではありませんよ⁉　ちょっとしか使ってないし、カバーはちゃんと洗濯してあるから、十分綺麗《きれい》で……！」

『でもちょっとは使ったのか……』と、思わず考え込んでしまう数秒間。たとえちょっとであっても、柚月が使った枕って、それをもらって寝るって、それは。

「……いえ、やっぱり受け取れません。すみませんけど持って帰ってください」

「わ、わかりました……。いえ、大丈夫です。元々、枕は念のためにと思って持ってきておいただけですから。やはり、肌に直接触れるものですから、人の使ったものは嫌だと思うのは普通だと思いますし」

……そういう意味ではないのだけれど、説明しても自分が一方的にダメージを負うだけの気がしたので、恭二は黙っておく。オトナだっていうなら、こういう男心も汲《く》んでほしいものだった。

「ただいまー……って、あれ⁉　白瀬《しらせ》先輩⁉　どうしてここに⁉　兄貴も⁉　え、体調大丈夫なの⁉　ていうか二人で何してんの⁉　その枕、何⁉」

ちょうど帰ってきた陽菜が、玄関口で繰り広げられる光景に目を丸くする。

この大量のお見舞い品をどうするか考える前に。まずは妹に、事態の説明が必要そうだった。

◆◆◆

とりあえず、全部突っ返すのも柚月に悪いので。ゼリーのうちのいくつかは、柚月へのもてなしもかねて、この場で食べてしまおうということになった。

「私が用意するから、兄貴は部屋戻ってて。てか、まだ寝てて」

「いや、もう起きるぐらいはできるって。俺も手伝──」

「じゃあ、その分の元気で代わりに勉強してなよ。……次の試験、一位取るんでしょ。そのために白瀬先輩にも教えてもらってたんじゃん」

『無理しなくていい』とか言われたら、多分食い下がっていたが。『いま頑張るのはそこじゃないでしょ』と指摘されれば、これはもうぐうの音も出ない。さすがに妹だけあって、恭二の扱いをよく把握している陽菜だった。

「……わかった。じゃあ部屋にいる」

「うん」

「え、えっと……では、私はどうすれば……」

兄妹《きょうだい》が頷き合う中、若干狼狽《うろた》えた様子で、柚月。

「あ。白瀬先輩はとりあえず兄貴の部屋——あ、でも」

口を噤《つぐ》んだ陽菜が、チラッと恭二に視線を寄越す。なんだ、と、恭二は身構えざるを得ない。

「な、なんだよその目は。……言っとくけど、この前みたいなこと考えてるなら違うぞ！」

「この前？」

柚月が不思議そうにこっちを見てくるが、ここはあえての無視。

「わ、わかってるもん！　そうじゃなくて！　ちょ、ちょっと白瀬先輩に相談が……」

「あ、あら。私にですか。ふふ、いいですよ！　何でも聞いてください、うふふ！」

途端に上機嫌になって、柚月はすすすっと陽菜の元へ。

「さ、真山くん。ここから先は女の子同士のお話です！　男の子はお部屋に戻っていてください。ほらほら、早く」

「いや、何でそうなるんですか。別に俺がいたって──」

「だめ。白瀬先輩の言うとおり、兄貴は部屋に行ってて」

陽菜にまできっぱりと言われ、恭二は無言のままに退場。

それにしても、あの人見知りの妹が、二人きりで柚月に相談したいなんて。いつの間にか、随分と打ち解けたものだと思う。

まだまだ子供だ、兄として面倒見てあげなければ、とか思っていたけれど、もしかしたらもう、お兄ちゃんの役目は終わりなのかもしれない。陽菜は一人前になったのだ。寂しいけれど、人は皆巣立っていくものだから……。

最早《もはや》恭二にできることなんて、二人に心配を掛けないように大人しく寝ているのが精々なのかもしれない……なんてことを、ちょっと本気で思いながら、待つことしばし。

「ま、真山くん……」

「先輩？」

ゼリーを用意するだけにしては妙に時間がかかっているな、と思い始めたところで、控えめなノックが聞こえた。どういうわけか声を掛けてくるのは柚月だけで、陽菜は黙ったまま。しかも、その柚月の声は、妙に上擦っているような、緊張している、ような？

「お、お待たせしました……！　すみません。ちょっと時間がかかってしまって……」

「いえ、そんなのはいいですけど。でも、一体何して——」

ドアを開けて。そこで、言葉も動きも一時停止してしまった。

まず感覚を占めたのは、ふわっと温かく広がる湯気と、お出汁《だし》のいい香り。

知らないものではなかった。むしろ、恭二にとってはよく知るもの。とても馴染《なじ》みのある……でも最近は嗅ぐこともなかった匂い。

香りの源は柚月が手に持つお盆……の、上。お椀《わん》によそわれたスープだ。

「これ……母さんの」

「え、えっと……陽菜さんにレシピを教わりまして。やはり、元気になるには栄養を摂《と》ることが大事だと思いますので……」

答える柚月は妙に恥ずかしげ。落ち着かない様子で、上目遣いに恭二の顔を窺《うかが》っている。横に立っていた陽菜が、その背中を軽く押した。

「私も味見したけど、もうバッチリお母さんの味だった。先輩、本当に料理上手《うま》いよね。手際《てぎわ》もいいし、大人って感じ！」

「オトナ……」

ぴく、と柚月の耳が二回りほど大きくなった、ような気がした。

「そんな……私なんて大したことはありませんよ。ええ、本当にまだまだです。むしろ陽菜さんのほうこそ、まだ中学生なのに自炊までできて、とても立派だと思いますよ」

「え？　そ、そうですか……えへへ」

柚月に褒め返されて、陽菜はくすぐったそうに頬を掻《か》く。

が、恭二が見ているのに気付くと、『む』と唇を無理矢理への字に曲げた。照れなくてもいいのに。

「ほら、兄貴！　せっかく白瀬先輩が作ってくれたんだから、冷める前に食べる！」

「わかってるって。……えと。じゃあ先輩、中どうぞ」

「お、おじゃ……ましまます」

今度は、噛《か》まずに言えたらしい。

元々寅彦達がくる予定だったから、部屋の中は軽く片付けてある。見られてややこしそうなものも退避済みだ。問題はないはず……と、一応、目だけで最終確認。

（けど……なんか変な気分だな。先輩が俺の部屋にいるの）

柚月の家を訪ねたときだって緊張はしたが、今回はその比ではない。

肝心の柚月はといえば、お盆の中身を零《こぼ》さないようにと必死で、男子の部屋がどうとか何も考えてはいなさそうだが。

「で、では！　どうぞ、召し上がれ！」

「……いただきます」

ベッド脇のローテーブル。すすっ……と目の前に差し出されるお椀を受け取って、そろそろと口へ運ぶ。向かいの柚月は出来映えが気になるのか、固唾を呑《の》む様子で見守っていて、なんだか恭二のほうまで緊張してきた。ついでの横にいる陽菜も、緊張の面持ちで恭二と柚月を交互に見ている。

「ど、どう……ですか？」

「……うまいです。すごく」

パチパチパチ、高速で瞬《まばた》きしてた柚月の動きが、一瞬止まり。

次の瞬間、その顔に、弾《はじ》けるような笑みが浮かぶ。

「そ、そうですか……。それなら、もっと！　もっと、お腹《なか》いっぱい食べてください。おかわりもありますからね！」

「はい。そうします」

柚月の喜びように、つられて笑顔になったところで……気付いた。さっきから、陽菜が緊張感を一切緩めていない、どころか、むしろ緊迫の度合いがどんどん増して言っていることに。

「待て。さっきから、陽菜のそのリアクションはなんなんだよ」

「だ、だって……！　……やっぱ、『あーん』とかするのかなって」

ガタッ、とローテーブルが元気よく跳ねた。心霊現象……などではもちろんなく、単に、飛び上がった柚月の足が下からテーブルに激突しただけだが。お椀を手に持っていて本当に良かったと思った。

「え？　え、何？　なんで今テーブル揺れたの？　え、何⁉　こわっ！」

「～～～ッ」

何があったのかわからず、狼狽える陽菜の横。柚月はさりげなく顔を背けて、必死に痛みを押し殺している。

……あるいは。我慢しているのは何も、膝をぶつけた痛みだけではないのかもしれないけれど。

第十五話

柚月《ゆづき》お手製のスープをいただいて、「もっと食べなくてはだめです！　元気になれませんよ！」と言われるままにおかわりもし、食後にはお見舞い品のゼリーを三人で仲良く食べて。

柚月が寅彦《とらひこ》から預かってきたというノートも無事受け取り、一通りの目的を果たした今、柚月と陽菜《ひな》は果たして何をしているかというと。

「へぇぇぇぇ。これが中学生の時の真山《まやま》くんですか～。へ～え～」

中学の卒業アルバム。陽菜がどこからか持ってきたそれをじっくりねっとりと眺め回しながら、柚月が微笑《ほほえ》む。というかニヤつく。

「なんで俺の卒業アルバムを陽菜が持ってるんだよ……」

「別に私が持ってたわけじゃないし。お母さんの本棚から持ってきただけ」

卒業アルバムなんて別に見返さないからと、母親に預けてそのままにしていたことを今さらに悔やむ。

「ふふふ、ふふふふ。へ～。ほ～。あらぁ～」

「……中学生っていったって、卒業アルバムなんだから、写真撮ったのなんかほんの数ヶ月前とかそこらですよ。見て面白いもんでもないでしょ、別に」

「そうでもありませんよ。ほらこの卒業文集のコーナーなんて——ああっ⁉」

問答無用で、柚月の手からアルバムを奪う。取り返そうと柚月が手を伸ばしてくるが、こちらも腕を高く上げて阻止。

体力にも腕力にも自信はないが、これでも男子である。身長ならかろうじて負けてはいない。そう簡単に取られはしないはず——。

「もーらいっと」

「あ⁉　こら、陽菜！　お前どっちの味方だよ⁉」

「場合によるけど、今は先輩」

あっさりと言い切られてしまって、恭二《きょうじ》はつかの間、衝撃に固まる。

「先輩に妹を寝取られた……『大きくなったお兄ちゃんと結婚する！』っていつも言ってくれてたのに……」

「そんなこと言ってないじゃん⁉　い、言ったこともあったかもだけど……でも言ってないじゃん‼」

陽菜の顔がいっぺんに真っ赤になった。「言ってないもん！」と再び叫んでから、妹は手に持ったアルバムを柚月に。

「もういい、兄貴なんか知んない！　そんなに言うなら本当に先輩の妹になる。はい、柚月お姉ちゃん。アルバムどうぞ」

「なぬっ⁉」

「うふふふ、いいですよー。陽菜さんなら大歓迎です」

よしよし、と陽菜の頭を撫《な》でる柚月。陽菜は陽菜で、まんざらでもなさそうにされるがままだ。兄としての特権がどんどん奪われていく……。

「……もういいですよ。俺みたいな負け兄はほっといて二人で仲良くアルバム見てればいいじゃないですか……」

「なんですか、『負け兄』って……」

捨て鉢な気持ちで、恭二は一人膝を抱える。

……そんなことをやっていたから、気付かなかったのだと思う。玄関のドアが開いたことにも、階段を誰かが上がってくるのも。

部屋のドアがノックされて、ようやく気付いた。

母が帰ってきていたことに。

「……恭二？　起きてるの？　具合はどう？」

「え……？　あれ、母さん……？」

いつもなら、まだ帰ってこられる時間ではないはずだ。予想外の事態に、恭二と陽菜はしばし固まってしまい、返答が遅れた。柚月に至っては息すら止める勢いで、その場に静止している。

「陽菜も中にいる？　玄関に知らない靴があったけれど……誰か、お友達が来てるの？」

「え、っと……」

無言のまま、恭二は陽菜を見て、それから柚月を。途端、柚月が焦《あせ》ったようにベッドや机の下に目を向けたのは、隠れる場所を探してだろうか。

「……うん。学校の先輩が、お見舞いに」

「あら、そうだったの。……母さんも、ご挨拶していい？」

「あー……うん。じゃあ、いま開けるから」

割と本気で隠れようとしていたらしい柚月が、ピキーンと凍り付くのがわかった。でも、ここで隠れたりされても困る。

「すみません、母さん早く帰ってきちゃったみたいで……」

「い、いえ！　問題、ありません……！　私も長居をしすぎましたし！　ここは、オトナらしくきちんとご挨拶して、おいとまさせていただきます……！」

ギクシャクと、柚月が立ち上がる。その動きも、青ざめて震える表情も全く大丈夫ではなさそうだが。

「えと、そんな緊張しないでも大丈夫ですよ。特に怖いとか厳しいとかじゃないし、普通の母さんなので」

「そ、そうですよ、白瀬《しらせ》先輩！　ちゃんと私も一緒にいたって言うし！　やましいことはなんにもないんですから！」

カク……カクン……と、柚月の首が縦に微動する。震えているのか頷《うなず》いているのか、判断のわかれるところだった。

異様な緊張感の中、恭二はドアを開けた。柚月に配慮して、できるだけゆっくり。

ドアの前、恭二達が出てくるのを大人しく待っていた母は、仕事帰りらしい服装のまま、まだ着替えてはいなかった。帰宅してすぐに、恭二の様子を見に来たのだろう。

その視線は、まず出てきた恭二に。それから陽菜を見て、ゆっくりと、柚月の元にまで移動する。

多分、女子だとは思っていなかったんだろう。驚きに、母の目が丸くなるのが見えた。

「あ、あら……女の子……それにこんな可愛《かわい》らしい……。どうしましょう、てっきり男の子かと……。ああ、そうだわ、ご挨拶……ええと、恭二の母です」

「しっ、白瀬柚月！　です！」

何はともあれ、という感じで、まずは母がお辞儀。合わせるように、柚月もぺこりと頭を下げる。

「あの……ごめんなさいね、こんな格好で。えっと……私、まだ帰ってこないほうが良かったかしら……？」

「いやいや、そんなことはないから。そういうんじゃないから。純粋に百パーセントお見舞いに来てくれただけだから本当に」

何か余計な気を回しているっぽい母に、釘《くぎ》を刺しておく。

それに、母が帰ってきたのは、恭二の体調を心配してのことだろう。仕事を早く切り上げるなんて、言うほど簡単にできることじゃないと知っている。『帰ってこないほうが良かった』なんて、冗談でも思ってほしくない。

「あのね、お母さん！　白瀬先輩、私も結構お世話になってるの。優しいし、勉強できるし、すっごく頼りになる人だよ。兄貴にも勉強教えてくれてるんだって」

「あら……そうなのね」

また少し驚いた様子で、母が柚月を見た。初対面の緊張がようやく抜けてきて、その眼《ま》差《な》しに、ぐっと親しみが増すのがわかる。

恭二がお世話になっている……というのもあるんだろうけど、陽菜がわざわざこんなことを言い出した、というのも大きい気がした。陽菜の内弁慶は、母だって知っている……そして、心配していたはずだから。

しかし、肝心の柚月は母の視線の意味なんて気付く余裕もないらしく、見られていることにひたすら緊張しているみたいだったが。

「ごめんなさいね、白瀬さん。急に帰ってきたりして、驚かせちゃったでしょう？　来てくれてるのを知ってたら、もっとちゃんとした形でご挨拶したんだけれど……。良かったら、今からでもお茶か何か用意するわ。私も着替えてくるから――」

「あ、いえ！　随分長居してしまいましたし、私ももう、おいとましますので、お構いなく、はい！」

「そう……？　でも、そうね。女の子を、あまりお引き留めするのも良くないわね」

一瞬残念そうな表情を過《よぎ》らせながらも、母はすぐに、微笑んで頷いた。柚月が緊張している様子なのは傍目《はため》にも明らかだし、無理に引き留めても悪いと思ったのかもしれない。

「それなら、玄関までお見送りするわ。そうだ、何かお土産――」

「いいって、母さん。見送りなら俺がやるし、母さんだって帰ってきたばっかりだろ。休んでていいから」

「……でも」

　どことなくそわついた様子だった母の表情が、不意に曇った。じっと、こちらの顔色を窺《うかが》う——比喩ではなく文字通りの意味で——眼差しから、少し顔を伏せる。陽菜が落ち着かない様子で、自分と母を交互に見ているのを感じた。

「……もう大丈夫だって。昼の間ずっと休んでたし、元々熱があったわけでもないし。大体、玄関行くだけだろ」

「そう、ね……。ごめんなさい、心配性で」

　——恭二は頑張りすぎるところがあるから。

　おどけるように、母は少し笑ってみせる。でも、それは場の空気を重くしすぎないように——恭二が気に病まないようにと、無理矢理そうしているのがわかるから、恭二は何を言っていいかわからなくなる。どんな顔をすればいいのかも。

　今はただ、柚月を促して、玄関に向かうのが精一杯だった。

「……すみません。変なとこ見せちゃって」

「い、いえ！　真山くんが謝ることでは……誰も謝るようなことでは‼」

黙りっぱなしだった柚月に声を掛けると、柚月は我に返ったようにぶんぶん首を振る。

「……お母さん、優しそうな方ですね」

「そう言ってもらえると嬉《うれ》しいです」

実際、優しい両親だと思う。子供の頃から体のことで心配を掛けてきたけれど、父も母も、自分達子供の前では、そんな苦労は見せないようにしてくれている。

……でもそれは、苦労が全くないこととイコールではないのだ。きっと。

「……先輩じゃないですけど。こういう時は、早く大人になりたいなって思いますよね」

靴を履こうとしていた柚月が顔を上げる。

ハッとしたようなその顔を見て、独り言が漏れていたのに気付いた。

「ああ、いや……大人にっていうか、健康にですよね俺の場合。今日だって先輩に心配掛けるし……寅彦達にも後で連絡しとかないと」

いきなり『大人になりたい』なんて言われても、柚月だって困るだろう。かといって、思っていたことを全部一から説明するのは、この場では無理だ。そんなに簡単にまとめられるほど、単純な話じゃない。

「改めてですけど、今日はありがとうございました。ノートも助かります。これであんまり遅れないで済むし……あ、もちろん、無理はしない範囲で、休むの優先にしますけど！」

『当たり前じゃないですか！』とか、『体調管理もできないなんて真山くんはやっぱり子供ですね！』とか、そういうリアクションを期待していた。

でも、思えば、もっと早く気付くべきだったのだと思う。

さっき、独り言を漏らしてしまってから。柚月がずっと黙ったままでいることに。

「……先輩？」

「いえ、なんでもありません。……それより、真山くん！　今日はしっかり休むんですよ！　体調管理も出来ないなんて、まだまだ子供の証拠ですからね！」

ぴしり、と突きつけられる指先は、からかうような微笑《ほほえ》みは、全部いつも通りだったのに。

でも。その時の恭二には。いつも通りの柚月の態度が、妙に寂しく感じられて。

その理由を知るのは、翌日になってからのことだった。

第十六話

「……真山《まやま》くん。もう、こうやって勉強するのはおしまいにしましょうか」

それは、恭二《きょうじ》にとってはあまりにも唐突な提案だった。

柚月《ゆづき》が家に見舞いに来た翌日。少しだけなら……とノートに伸びかける手を抑え、しっかり休みを取った甲斐《かい》あって、体調もすっかり元通りになった。いつも通りに学校に来て、寅彦《とらひこ》にノートの礼をいい（柚月の件については、追及するもはぐらかされて終わった）、いつも通りに寅彦とゆかりがイチャつくのを眺めて。

いつも通りだったのだ。放課後、保健室にやってきて、こうして柚月と顔を合わせるまでは。

「どう……したんですか、急に」

「もう十分だと思うんです。この前やった模擬試験も採点してみましたが、どの科目も平均点以上は取れていますし。私が作った試験ですから、この通りの問題が出るとは限りませんけど……それでも、これだけできれば、本番でも十分通用するでしょう。もう私に教えられることはありません！　卒業、ということですね」

どうぞ、と、採点済みの答案用紙が渡される。

穏やかに微笑んだ顔も丁寧な所作も全くいつも通り……むしろ、いつもよりよっぽど落ち着いているくらいなのに、それはまるで突っ返されたように、恭二には感じられた。柚月が言ったとおり、点数は決して悪いものではなく、でもそんなものちっとも目に入らない。

「……俺が、体調崩したからですか。でもそれは、俺が先輩の言われたこと守らないで、夜更《よふ》かししたからで、これからはちゃんと――」

「でも……真山くんはもう、お母さんに心配掛けたくないんでしょう？　……無理に勉強を頑張ってしまったこと、後悔してるでしょう？」

とっさに言葉が出なかったのは。それが、全くの的外れじゃなかったから。

「……元々、真山くんは乗り気じゃなかったですもんね。それを私が無理矢理、『一位になれ！』なんて言って……本当は、ちょっと反省してたんです」

「それは……でも、それだって、俺のために言ってくれたんじゃないですか」

「……そうやって、自分じゃない誰かのために一生懸命になれるのは、真山くんのいいところですけど。でも、悪いところでもありますね」

——私は好きですけど。真山くんのそういうところ。

反論したいことは山のようにあったのに。柚月がこっちを見上げて、笑って。不意打ちにそんなことを言ってくるものだから、言葉なんて、まんまと出てこなくなってしまった。

「いいですか！　私だって、無理をするなとは言いません！　頑張りたいこと、やりたいことは私にだってあります！　でも……それは、誰かに言われたからとか、誰かをがっかりさせないためとか。そんなことじゃなくて……自分が、心から『こうしたい』と思うことのためでなくてはだめですよ。……いつか真山くんがそれを見付けたら、私は、勉強でも何でも、喜んで教えてあげます」

柚月は完全に、心を決めてしまっているみたいだった。柔らかに微笑んだ顔は、これが一番真山くんのためなんですよ、と言い聞かせるよう。それがわかったから、恭二は俯《うつむ》くしかなく——。

「……え？　ど、どうしたんですか。そんなに落ち込んだ顔をしなくても……あの、これは何も、真山くんがだめだから勉強を打ち切るとか、そういうことじゃないんですよ⁉　本当に、真山くんは今日までよく頑張ったんですから！　授業だってわかるようになったって、前に言ってたでしょう⁉　ちゃんと実力がついたから、だからもう十分だということなんです！　本当ですよ⁉　お世辞ではありませんよ⁉　ほら、この答案だって！　見てください点数を！　真山くんはこんなにできるようになったんです！」

「ちょっ……やめっ、やめてください！　そんなに近付けられたら逆に見えませんよ！」

ベチッベチッ、とテスト用紙を顔面に押し付けられ、俯いていたのが一転、恭二は仰《の》け反《ぞ》らざるを得ない。

「それに……そうです。勉強をやめるというだけで、もう二度と会わないとか、お付き合いまでやめてしまうとか……そういうわけじゃないんですから。そんなに重く受け止めなくても……」

「え？」

「『え？』とはなんですか⁉　え、私たちは付き合っているんじゃないんですか⁉」

「いや、そこじゃなくて……なんかすみません」

「何を謝られてるかわかりません！　なんだか釈然としませんが⁉」

別に柚月が気にしているような理由で驚いたのではなくて。

ただ、言われてみればその通りだな、と拍子抜けしたのだ。

元々、どうしても試験でいい成績を『残さなければいけない』理由があったわけじゃなかった。一位にだって、本気でなれるとも、なりたいとも思ってはいなかったはずだ。

柚月の言うように、あとは普通に勉強するだけで、普通に困らない程度の成績を残すことができるなら……あえて頑張りたい理由なんて、自分にはない。

それこそ、戻るだけだ。『いつも通り』に。


ただ。


「……落ち込んでたわけじゃないんです。ただちょっと……残念だなって」

「え？」

「先輩に勉強教わるのは、楽しかったので」

一瞬の間の後、しゅぼっ、と柚月の顔面が着火。というか発火。「みー！」とか「にー！」とかうなり出す柚月の顔を見て、そのお馴染《なじ》み感に安心する。

——だから、きっと気のせいだったのだ。

喉に小骨が引っかかったような、わずかな違和感なんて。

第五章
あの日の続きを、ここから

第十七話

——放課後の勉強会がなくなって、数日。週明けからは、いよいよテスト期間が始まる。

『一位になれ！』という目標（柚月《ゆづき》に強引に設定されただけだが）もなくなった今、恭《きょう》二《じ》の当面の課題は『試験まで万全の体調を維持すること』。

平たく言ってしまえば『とにかく休んでろ』ということだが、恭二にとってはある意味、勉強を頑張る以上に大変な課題かもしれない。

だからこの数日は、復習は最低限に留《とど》めて、休養に重点を置いていたのだが……そんな状況でも、気がつくと教科書に手が伸びそうになっていることがままあり、そんな自分に、恭二は自分で驚いている。

思えば、ここしばらくは毎日机に向かうのが日課だった。知らないうちに、体が習慣として覚えてしまったのかもしれない。

勉強なんて、今まではどんなに頑張っても結果が出なくて。自分の不出来を思い知らされるものでしかなかったのに。

……まあ。それは決して、勉強に限った話ではないのだけれども。

（……俺って割とだめ人間だよな）

体力がなかなか付かないのは体質的なものとしても、果たして、全てを病弱のせいにすることは許されるのだろうか――。

……なんて、考え事をしている途中で気付いた。下校のために昇降口に向かっていたはずが、いつの間にか保健室の目の前に立っているではないか。

（……これも習慣ってやつかな）

仮にそうだとしても、習慣になるほど身に染《し》みついているのは『保健室に足を運ぶ』という行為であって、『柚月に会いに行く』ことではない……と思うけれど。

（まあ、挨拶くらいはしておくか）

近くまで来たから、無視して帰るのも良くないと思っただけ。そう自分に言い聞かせ――なんでそんなことをしているのかもわからずに――恭二はドアを開け。

次の瞬間、中で何か作業をしていた、全然知らない生徒と目が合う。

「あ、ごめんなさい。今、先生ちょっと席外してて……えっと、怪我《けが》とかですか？　私、保健委員なので、ちょっとした手当てならできますけど」

「いえ。すみません。間違えました。なんでもないです」

早口で言い切って、ドアを閉める。

よく考えなくても、保健委員が柚月一人なわけもないし、柚月が四六時中保健室にいるわけもないだろう。むしろ、なんで今までこういう事態に遭遇しなかったかのほうが不思議だ。何者かの意図、あるいは大いなるものの意思さえ感じてしまう。

とにかく今言えるのは、猛烈に恥ずかしいということだった。

誰かに見られる前にさっさとこの場から消えようと、踵《きびす》を返したとき。

「……ん？　なんだ、真山《まやま》か。どうした？　また体調悪いか？」

通り掛かったらしいクラスの担任が、恭二に気付いて声を掛けてくる。以前、恭二に筋トレがどうのと（柚月いわく）ハラスメントな発言をし、聖母様にこっぴどく叱られたあの御仁だ。受け持ちは体育……とみせかけてまさかの数学。

「いえ、そういうわけじゃ……えっと、ちょっと忘れ物を」

「あー、そうか。……そうだなぁ。保健室来たからって、どっか悪いって決まったわけじゃないな」

こういうのが良くないんだろうな、と、担任は決まり悪そうに独りごちる。

恭二と目が合うと、彼はバツが悪そうに苦笑いした。以前、柚月にこっぴどく怒られたことを思い出しているのかもしれない。

「……そうだ。真山、ちょっと時間ないか？　白瀬《しらせ》に用事があったんだが……こう、一人だと顔を合わせづらくてな……」

「なんかすみません……。でも、先輩なら保健室にはいないみたいですけど」

「ん？　なんだ、そうなのか？　教室にいなかったからてっきりこっちかと……もう帰ったのかもな。そういうことなら出直すか」

「伝言とかあるなら、次会うときに伝えておきますけど」

「そうか？　なら頼めるか。白瀬には『学校誌の件で』と言えば伝わるだろうから」

「学校誌？」

恭二が聞き返すと、担任は「そういうのがあるんだよ」と軽く肩をすくめる。

「創立当時からの伝統らしい。正直、今じゃ知らないヤツのほうが多そうだけどな。けど、勝手に廃刊にもできないってんで、俺達教師も頭を悩ませてるわけだ」

「仕事が増えるからと」

「そういうことだよ」

しかし、それが柚月とどう繋《つな》がるのだろう。

疑問が顔に出てたのか、それともただの雑談なのか。担任は恭二が尋ねる前に話し始めた。

「学校誌には生徒の寄稿を載せるコーナーがあってな。去年は白瀬に頼んだんだよ。だから今年もと思ったんだが」

「……何も試験前にそんな雑用頼まなくても」

「そう言われると耳が痛いがな。だから白瀬にしか頼めないんだよ」

優等生の柚月であれば学業と他の要件を両立できる。そういうことなんだろう。

でも、恭二は知っているのだ。柚月が本当は、なんでもできる優等生なんかじゃないことを。

「まあ、こっちも無理は承知だ。できないならできないでいいって、白瀬には伝えておいてくれ」

「……はい」

頷《うなず》きながらも。恭二は思っていた、柚月ならきっと『できない』とは言わないだろうと。

たとえ難しくても、頑張って頑張って。きっとどうにかしてしまうのだろうと。そういうときに支えるのが、自分の役割だと思っていた。

(でも……多分今は、先輩は、俺に頼らない)

恭二が体調を崩してからこっち、柚月はとにかく『真山くんは体調第一です!』と言って譲らない。おかげで、家事を手伝う、という話もうやむやのままに棚上げとなり、あれから柚月の家には行っていないのだ。

『もともと、去年までは全部一人でこなしていたんです！　問題ありません！　乗り切って見せます！　私はオトナですから！』

柚月はそう言って、実際、恭二の前では前ほど疲れている顔は見せなくなった。何かとポンコツな面も目立つけれど、たまに見直したかと思えば秒で子供みたいなことを言い出して自分から台無しにすることもあるけれど……『やる』と宣言したことは、絶対、やり遂げられる人だと知っている。

だからこの件も。柚月はきっと、一人で乗り切ってしまうんだろう。

――――それは。

「あの……それ、俺がやるんじゃだめですか」

「ん？」

立ち去りかけていた担任が、驚いた様子でこちらを振り返ってくる。

「お前が？　いや、まあ……だめってことはないが」

「試験の勉強は真面目にやります。成績は絶対落とさないんで」

『勉強はどうする？』と、気にされるだろうことは言われるまでもなくわかっていたから、先んじて言っておく。ただでさえ、授業の出席率に不安のある恭二だ。懸念《けねん》は当然だろう。

でも、ここは譲れない。

「元々、白瀬先輩にも試験に向けて勉強教えてもらってたんで。休んでたときのノートも、友達……青柳《あおやぎ》に借りたりしてるし」

「ああ。そういえばお前ら、席隣だったな……あいつもあれで入試の成績は良かったらしいからなー」

「だから、試験は割と余裕あるんです。いえ、もちろん気は抜かないようにしますけど……お願いします。やりたいんです」

自然と、頭を下げる体勢になった。

考えてみたら、初めてかもしれない。家族以外の大人に対して、こんな風に何かを頼んだ……ワガママを言ったことなんて。

担任は長いこと黙っていたが、しばらくして「ふむ」と息をついた。

「本当に成績落とさないな」

確かめるような言葉に、顔を上げる。はっきり頷き返すと、よし、と笑顔が返ってきた。

「そういうことなら、今年はお前に頼むよ。まあ、内容はなんだっていいから。難しそうなら言え。最悪、なくてもどうにかはなる」

「いえ。責任持ってやります」

「そうか？　……まあ、頑張れよ」

そう言って肩を叩《たた》いてくる担任は、妙に楽しげだった。「俺にもそういう頃があったよ」と語る目は、何かいらぬ勘違いをされている気もしたが、余計なことは言わないでおく。

職員室に戻るという担任と別れて、恭二は今度こそ昇降口へ向かう。微妙に鼓動が落ち着かないのは、柚月に隠れて勝手なことをした自覚があるから。

それと、もう一つ。

……スマホを取り出して、母親にメッセージを送る。

普段はあまりアプリでやり取りなんてしないし、何かあっても家族のグループのほうで済ませることが多い。

だから、母親個人宛のタイムラインはスカスカだった。最後のやり取りは半年以上前。

それはなんだか、母との距離を示しているようで……実際、そうなのだと思う。

もう長いこと、避けてきた。母親相手に、本音をぶつけることを。

でも、今日は。

『今日、何時に帰れる?』

『ちょっと話したいことがあって』

第十八話

恭二《きょうじ》の両親は共働きだ。今の時代、そんな家庭は大して珍しくもない。

けれど、恭二は覚えているのだった。小さい頃、学校で体調を崩すと、父や母が仕事の合間を縫って迎えに来てくれていたこと。熱を出して寝込めば、会社を休んで病院に付き添ってくれたこと。

もちろん、毎回そんな無理が通るはずもないから、祖父母に代わりを頼んだり、両親の都合が付くまで保健室の世話になったり、ということも多かったけれど、それでも、蔑《ないがし》ろにされていると思ったことは一度もない。

『我慢しなくていいのよ』

『具合が悪くなるのはね、恭二のせいじゃないんだから』

迷惑を掛けているということは、子供の身にもよくわかって。だけど、気に病んで落ち込む恭二を、父や母はいつだって温かく励ましてくれた。

でも、その言葉を素直に受け取れていたのは、本当に幼い頃だけだ。

成長してくれば嫌でもわかってしまう。自分が両親に負担を掛けていること。妹の陽菜《ひな》だって、こんな兄がいるせいで、我慢を強いられたことがきっと何度もあったはずだ。

少しでも、心配を掛けないようにしよう。

人並みに、元気でいることができないのならせめて、『いい子』でいよう。

無理はしない。言われたことをよく守って、ワガママは言わない。

自分のような、無力で、助けてもらうことしかできない『子供』にできることは、きっとそれくらいだからって。

ずっと、そう思ってきた。

そう思いながら……本当は、そんなのは嫌だと。

何もできない『子供』から抜け出して、早く『大人』になれたら、って。

だから――なってみようと思うのだ。

◆◆◆

玄関のドアが開く音は、キッチンにいてもよく聞こえた。

『いま、駅に着いたから』と連絡をもらっていたので、そろそろかなとは思っていたのだ。

食卓のイスから腰を浮かせて、恭二は母を出迎えに行く。

「おかえり」

「ただいま。ごめんなさい、ちょっと向こうを出るのが遅くなっちゃって……」

「だから、気にしなくていいって。仕事だったんだし。……第一、急がなくていいって言ったのに」

「だって……」

言葉を切る母、その表情にはわずかに緊張の色がある。恭二の『話』とやらがなんなのか、気にしているのがありありと伝わってきた。

もっとも、緊張しているのは恭二だって同じだ。こんなことを自分から言い出すなんて、記憶にある限り初めての経験である。さっきから、脇の下に嫌な汗が滲《にじ》みっぱなしだ。

でも、ここで逃げる選択肢は最早《もはや》ない。

「……とりあえず着替えてきてよ。ゆっくり話したいし。キッチンで待ってるから」

「あ……そ、そうよね」

ハッ、と我に返った様子で、母はようやく靴を脱ぐ。

着替えに向かう母を見送って、キッチンに戻ってきた恭二は、棚からハーブティーのパックを取り出した。おそらくは恭二の影響だろう、両親も健康への関心は強いほうで、家にはノンカフェインの飲み物が常備されている。

普段はあまり飲まないそれを、裏の説明書きを読みながら二人分淹《い》れて。抽出時間が終わってパックを取り出したところで、母がキッチンにやってきた。

「あら。淹れてくれたの？」

「……まあ。せっかくだし」

普通に『うん』で良かっただろうに、意味もなく言葉を濁してしまった。頭の片隅に、やれやれみたいな顔でこっちを見る柚月《ゆづき》の幻影が浮かぶ。

わしわし頭を掻《か》きむしる恭二を、母は不思議そうに見ていた。

「と……とりあえず、座って、ほしい」

「そ、そうね。そうよね。座りましょ」

空気が。明らかに、上滑りしている。それを手に取るように感じてしまう。

イスに腰を落ち着けて、なんとか冷静になれないかと努力してみた。落ち着け、落ち着け、って、自分に言い聞かせて。

でも、そう経《た》たないうちに気がつく。

（……いや、無理だな）

だって。母親とこんな風に、改まって向き合ったことなんて、物心ついてから一度もないのだ。そんなの、緊張するに決まっている。

だから、いいと思うことにした。上滑りしても、格好悪くても。

何もかも、すぐに理想通りにはいかないけれど。

それでも、懸命に背伸びして。

届いたギリギリがここで、これなら。

今はただ、それをしっかりと摑《つか》むだけ。

「……母さん。俺、学校誌の手伝い、しようと思ってるんだ」

「……学校誌？」

「なんかその、学校で毎年発行してるのがあるみたいで……それに生徒の原稿？　ってか、作文を載せたいらしいんだ。先生が書く奴《やつ》探してて……俺にやらせてほしいって、言った」

「それは……もちろん、恭二がやりたいことなら、母さんは応援するけど。……でも、大丈夫なの？　もうすぐテストもあるし……この前も体調崩したばかりでしょう」

母の眼差《まなざ》しは、曇っている。憂えている。『本当に大丈夫なのか』と。

心配されるであろうことは、最初からわかっていた。だから恭二も、最初から、言おうと思っていた答えを口にする。

「……大丈夫、って言いたいけど。もしかしたら、ちょっと無理するかもしれない」

「それは……その、他の人に頼んだりはできないの？　優しいのは恭二のいいところだけれど、無理してまで引き受けること――」

「違う。人に言われたからとか、そういうんじゃなくて……俺が、やりたいから引き受けた。無理かもしれないけど、でも、無理してでもやりたいことができたんだ。だから……心配、掛けるかもしれないけど。あと、迷惑も掛けるかもだけど……少しの間だけ、ワガママ言わせてほしい」

　そう告げた瞬間、どこか戸惑うようだった母の雰囲気が、はっきりと変わった。小さく息を呑み込んで……その目が真《ま》っ直《す》ぐに、恭二の顔を覗《のぞ》き込む。

　恭二は、その視線を正面から受け止めた。

　目を合わせるだけで思っていることが伝わるなんて、甘えてはいない。でも、今の自分の姿を、表情を、ちゃんと見てほしいと思ったのだ。

　きっと、今までと同じじゃないはずだって。それは、ちゃんと伝わると思ったから。

　——だけどまさか。ふと微笑《ほほえ》んだ母が、こんなことを言い出すなんて思いもしなかった。

「……それは、白瀬《しらせ》さんのため？」

「えっ⁉　いや、それは……！」

　ガタッと、尻がイスから浮く。露骨に動揺する息子を見て、母はいよいよ笑みを深くした。温かいながらも茶化すことを忘れない笑い方は、少し柚月に似ているかもしれない。

「ふふふ。お父さんと付き合ってた頃を思い出すわ。恭二もそんな歳《とし》になったのねぇ」

「いやっ、べ、別にそういうんじゃなくて！　俺なりに色々考えてっ！　一回挑戦的なことをしてみたかったっていうか！」

「……そうね。恭二は、ずっと我慢してばっかりだったものね。今まで」

その言葉には、照れ隠しでは応じられなかった。対面の母は穏やかに微笑んだまま、でもきっと、その心の内を完全に推し量ることなんて、今の自分にはできないんだろう。

「頑張って。応援してるから」

「……うん」

自分はまだ、やっぱり子供で。大人にならなければわからないことなんて、いくらでもある。

でも、子供なら子供なりに。

踏み出すのだ、一歩を。

第十九話

「やったよー！　今回は赤点なかったよ、トラくん！　補習受けなくて済むよー！」

「おー、よく頑張ったな。よしよし、撫《な》でてやるからこっちこい」

「えへー」

「……三池《みいけ》はいつもそんなにギリギリなのか」

試験の終了から数日。

今日は、試験の結果が貼り出される日だった。

自分や他人の順位が気になる生徒はみんな結果を確認しに行っているけれど、恭二《きょうじ》は別段、急いで見に行こうとも思わない。同じように教室に居残っている寅彦《とらひこ》と、そんな寅彦に会いに来たゆかりとで、とりあえずの成果を報告し合う。

「トラくんの順位も見てきたよー。十五位！」

「じゅうごっ……え、マジで？　トラってそんなに成績良かったのか？」

勉強会の時点で、ある程度以上はできるんだろうと思ってはいた。しかし、そこまで上とはさすがに思いもしない。

「まー、俺はこういうナリだしな。勉強くらいしっかりやってねーと色々言われっからさ。机向かうの、そんなキライでもねーし」

「それは……こう言っていいのかわかんないけど、意外というか……」

「ははは。いいよ、好きに言えって。親にも毎回言われっし」

さして気にする様子もなく、寅彦はさらっと笑って流した。「トラくんは頑張り屋さんなんだよ！」と、ゆかりが言い添える。

「真山《まやま》のほうはどうだったんだよ、今回」

「俺は……今まで通り、ってとこだったよ」

返却された答案、その点数を確認しつつ、答える。特別良くもないが、赤点ギリギリというこ とも ない、これまで通りの結果。ちょくちょく授業を休んでいたことを考えれば、これでも十分なのかもしれないが。

「……せっかく教えてもらったのに、先輩には悪かったけど」

自分の成績については、赤点さえ免《まぬが》れれば別に構わないと思う。

ただ……柚月《ゆづき》の期待に応えられなかったことを考えると、彼女に結果を報告するのは気が重かった。貴重な時間を割かせておいて、「真山くんのようなお子様の面倒なんてもう見てあげませんから！」とか言われるかもしれない。

（……でも、それならそれで）

そこで、寅彦達が何か言いたげにこちらを見ているのに気付く。

「……別に落ち込んではいないぞ」

「んと、そうじゃなくて……真山くん、せっかく頑張ってたのになって」

恭二よりもむしろ落ち込んだ様子で、ゆかりは下を向いた。

しかし、『頑張っていた』と言われても、恭二はピンとこない。

なぜなら……勉強をサボっていた自覚は、実はあったので。

「いや……こういう言い方はなんだけど、特に頑張ってはいなくて。だからまあ、この結果も当然と言えば当然というか……」

「でもお前、試験終わるまでずっと眠そうにしてたろ。遅くまで勉強してたんじゃねーの」

「それは……」

「――真山くん！」

パーン！　と、勢いよくドアの開く音が、恭二の答えを遮る。

見れば、ドアを開け放った姿勢のまま、柚月が肩で息をしていた。額にはうっすら汗が浮かび、相当急いで走ってきたことが窺《うかが》える。

「……お話があります。ちょっと保健室まで来てください」

いつになく硬い声と表情は、怒っていることを明確に伝えてくる。

恭二の返事を待たず、柚月はさっさと踵《きびす》を返した。その態度もまた、常の彼女らしくはない。

寅彦とゆかりが視線を向けてくる中、恭二は立ち上がった。

「じゃあちょっと怒られてくる」

「おう、行ってこい」

「いってらっしゃいー」

怒られてくる、といったのに、恭二を見返す寅彦達は何故《なぜ》か笑顔。和やかな見送りに若干の疑問を感じながらも、恭二は柚月の後を追って教室を出る……その直前、思い直して、一旦席に戻ってカバンを取ってきた。

後悔は、していないのだ。

ちゃんと、自分にとって一番大事なことを優先したって。それだけは、間違いなく言えるから。

……とはいえ。いざこうして柚月の顔を目の前にすると、やはり座りの悪さは感じるものだ。彼女が何を怒っているのか、予想がついているだけに――そして、それについては全面的に自分が悪いともわかっているだけに、余計。

◆◆◆

二人だけの保健室は、いつもより静かに感じられた。

無言のまま、柚月はすたすたと奥のソファへ座る。恭二もまた、向かい合う形で腰を下ろした。

しばらく、その体勢でお叱りの言葉を待つけれど、柚月は何も言おうとしない。

ので、

「すみませんでした。先輩が勉強教えてくれたのに、結果出せなくて」

深く、頭《こうべ》を垂れる。そのまま動かずに、一秒、二秒、三秒――。

じっと頭を下げ続けていたら、多少は誠意を汲《く》んでもらえたのか。石のように黙りこくっていた柚月が、ようやく口を開いた。

「……真山くんの教室に行く途中で、担任の先生に会いました」

「え？」

想定外の方向に話が向いて、思わず顔を上げてしまう。

でも、そうして柚月の顔を見てみて、もっと驚いた。


目の前の、柚月の表情。

ぷくー、と。フグみたいに頬を膨らませて。でも、その目はどこか嬉《うれ》しそうに。

怒りたいけど怒れない。喜びが勝手に溢《あふ》れて止まらないのを、必死に我慢しているみたいな。


「真山くんのバカ！　バカバカバカバカー‼」

それまでの沈黙が嘘《うそ》のように、柚月の口から声が、言葉が。感情が迸《ほとばし》る。

一度決壊したら、後は勢いが増す一方だった。がばっ、と身を乗り出し、柚月は拳を振り上げる。しかし、机越しでは手が届かなかったらしい。しばらく困ったようにフリーズ

した後、バタバタと立ち上がって恭二の隣にやってきた。そして改めて、がばっ。

「もう、もうもうもうもう！　なんで、そういうことをするんですか!?　私の仕事、代わりに引き受けたりなんて！　真山くんは、自分のことを優先してれば良かったんです！　だから、そのために、私は我慢してたのに……!!　心配掛けないようにと思って、合う時間も減らして、我慢を!!　なのに!!　なのに真山くんのお馬鹿!!」

ポコポコポコポコポコ。ちっとも痛くないパンチが、延々と降り注ぐ。

「その、すみません……余計なことして」

「なんで謝るんですか!!」

「ええ……」

『どうしろと』と、柚月の顔を見返すが、柚月も柚月で、自分が何を訴えたいのかよくわかっていないのだと思う。高ぶる感情だけが先走って、膨れた頬はいつしか薄赤く染まっていた。

「……なんで。私のために、なんか」

じっと、こちらを見つめてくる瞳は。怒っていて、困っていて、でもそれだけではなくて。自分に都合良く解釈することが許されるなら、それは、きっと。

「いいんですよ、俺は」

ごく自然、口元が笑みの形になる。

が、柚月はそれが不服だったようだ。膨れていた頬をさらにまん丸くして、ぼすっ、と追加のストレートが一発。

でも、ぎゅっと握られた拳とは対照的に、そのパンチはやっぱり少しも痛くはなくて。

柚月の、複雑な内心が伝わる。

「あ。ところで、先輩の結果は」

「まだ見てないです！　だって真山くんが！」

どうやら、恭二の結果だけ見て早々に戻ってきてしまったらしい。試験が終わった段階ではそれほど焦《あせ》ってもいないようだったから、手応えはあったのだと思うが。

「すみません。せっかく、先輩が勉強教えてくれたのに、結果出せなくて」

「そんなことはいいんです！　というか、私は真山くんの成績が伸びなかったから怒っているんじゃありません！　私はただ……！」

「……はい。心配してくれてたのに、大人しく休んでなくてすみません」

言おうとしていた言葉を先取りされて、柚月はつんのめるように口を噤《つぐ》む。怒っていた表情はいつの間にかなりを潜めて、代わりに浮かんだのは。

「……言ったじゃないですか。私は、大丈夫だって。真山くんは、真山くんが本当にやりたいことのために頑張ればいいんです。それを」

「はい。だから頑張りましたよ、俺。……俺が、他の何よりやりたいと思ったこと」

そんなことを正直に言うのは、照れくさかった。緊張もした。

柚月は、気付いただろうか。告げた言葉の意味に。ハッ、と顔を上げる仕草は驚いているようにも、不思議そうにも見えて、それだけではなんの確証も得られはしない。

「……あの。もし許してもらえたら、渡そうかなと思ってたんですけど」

「え?」

きょとん、と瞬《まばた》きをする柚月の前。取り出したのは。

「これ……ボールペン?」

「はい。……先輩に、プレゼントしたくて」

さすがに、ラッピングは新しいものを買って、綺麗《きれい》に包装し直したけれど。デコデコで、キラキラなカラーインクのボールペンは、子供の頃に渡すことのできなかった、紛れもない初めての贈り物。

それは恭二なりの、オトナになるための一歩だった。

これを渡せば、柚月は恭二が、あの日の男の子だったと気付くかもしれない。それは場合によっては、今のこの時間が壊れることにも繋《つな》がるだろう。

でも、もう、逃げるのはやめたいと思ったのだ。

昔の自分からも、目の前にいるこの人からも。

たとえ後悔ばかりの苦い過去であっても、知られれば嫌われるだけの真実であろうとも。

誤魔化して、嘘をついて、柚月のそばに居続けるのは違うと思った。

それは、あの日マンションで柚月が語り、恭二が憧れた〝大人〟じゃないと。

恭二も、なりたいのだ。柚月のように。

自分で自分のことを、『格好いい』と思えるような大人に。

「先輩は、試験勉強も、家事も頑張っていたので。ご褒美《ほうび》です」

声はかろうじて震えなかったが、内心は、柚月がどんな反応を見せるかとドキドキで、自分がどんな顔をしているかだってわからない。取り繕う余裕なんて少しもないから、きっと露骨に緊張が顔に出てひどいことになっているだろう。

理想とはほど遠いけれど、今はそれが精一杯。

なら、その精一杯の自分なりに、限界まで背伸びをしてみせるしかない。
伸ばした指先は、果たして、なりたい自分に届くだろうか。
届いた、だろうか。
「……真山くんは」
長く感じられた沈黙を経て、柚月が口を開く。恭二にとってはようやく、という思い。
でも実際には、大して時間なんて経《た》っていなかったかもしれない。
指先まで固まってしまう恭二を見つめて。柚月は、
笑った。
子供みたいに、顔一杯。
——あの頃の彼女と少しも変わらず。

「真山くんは、意外と、贈り物のセンスが子供っぽいんですね。ふふっ……ボールペン……しかも、こんなデザイン……！　カワイイですけど、ふふっ！　小学生っ、みたい……あはは！」

ふふふ、と、最初こそ喉を震わせる程度だった笑い声は、徐々に肩を揺らすまでになり、ついには、お腹《なか》を抱えて笑い始めた。

「そ、そこまで笑うことないでしょう……」

「だって！　だって、真山くんってば……！　私、こんなプレゼントもらうの、初めてですよ！　もう、本当に……本当に、真山くんは、子供の頃のままなんですから」

「――え」

「陽菜《ひな》さんから聞きましたよ。兄貴は昔からプレゼント選びが微妙だったって……高校生になったのに、全然成長していないんですね」

そう言って笑う柚月の表情に違和感はなく、誤魔化されたのかどうかさえ、恭二には判断付かない。

（気付かれてない、ってことか……？）

ホッとしたような、肩透かしを食らったような。なんとも言えない宙ぶらりんの気持ちが、胸に湧く。

（……そもそも、これ渡したから思い出すかも、なんてのが、思い上がりすぎか）

冷静になったら途端に恥ずかしくなってきた。柚月が未《いま》だに笑い続けているのもあって、恭二は顔が赤くなるのを抑えられない。

「……そんなに笑うくらいなら返してくださいよ」

「だめです。これはもう私のものですから。返してなんてあげません」

取り返されないようにか、柚月はボールペンを、胸の前でしっかりと抱く。ぎゅっと、手に力を込めて。

なんだかとても、嬉しそうに。

エピローグ

「なにはともあれ、です。今回の試験は、無事に乗り切ることができました……できましたが！　ここで気を抜いてはいけないんですから！　まだ期末試験もありますし二学期も三学期もなんなら来年もあります！　つまり！」

「また勉強教えてくれてありがとうございます、先輩」

先んじてお礼を口にすると、柚月《ゆづき》は出鼻を挫《くじ》かれたのか、「お、お礼を言われることではありません……」と少し口ごもった。

そわそわ、チラチラ、とその目が恭二《きょうじ》を見て。かと思えば逸《そ》らし。ほんのり、薄赤く色づいた頰。

放課後の保健室通いも、いつの間にかすっかり習慣になったように思う。ここにくれば大抵、柚月がいて。時に穏やかに、時にはポンコツも全開に、恭二を出迎えてくれるから。

ほんの少し前までは、ほのかに消毒液の匂うこの空間が、好きではなかったはずなのに。

体調不良以外の目的で、この部屋を訪れることがあるなんて、あの頃は思いもしなかった。

……でも。思えばそれは、決して初めての感情ではないのだ。

ずっと昔も、保健室で彼女に会うのが楽しみで。いつも学校に行きたくなくて、朝がくるのが憂鬱だったのに、『早く明日にならないかな』って、落ち着かない気持ちでベッドに入っていた日々が、自分にも。

その時、ふと、鮮やかなパステルカラーが視界の端を過《よぎ》った。

柚月が手に持つ、カラーペン。恭二がプレゼントした……本当は、何年も前に渡したかった、あの日の忘れ物。

元々は子供時代に買ったものだから、今の柚月が持つにはあまりにも子供っぽい。けれど、柚月は気にした様子もなく、当たり前のようにサラサラとノートにペンを走らせている。

恭二の視線に気付いたのだろう、柚月が顔を上げた。それから、手に持ったペンを軽く持ち上げてみせる。

「ふふ。真山《まやま》くんがせっかくプレゼントしてくれたんですからね、ちゃんと使ってあげないと。大丈夫ですよ。多少真山くんの趣味が子供っぽくても、私は気にしたりしません！

オトナですから！」

「……別に俺がそういうのを好きだから渡したわけでは」

「んふふふー。真山くんは、彼女にこういうのを持っていてほしいわけですね～。恋人を自分好みに染めたいなんて、彼氏だからってちょっとワガママが過ぎますよ～。まあ私はオトナですから！　特別に付き合ってあげますけど！」

ふんぞり返る柚月は完全に、恭二の話なんて聞いちゃいないのだった。発せられる台詞《せりふ》は、果たして『使ってくれて嬉《うれ》しいなぁ』と解釈してもいいものか微妙なところ。

……まあでも。こんな風に、得意げにえばり散らかす柚月の顔を見るのは、決して嫌いではない。

こんな顔、自分以外の誰も知らないのだと思えば、なおさら。

「……でも。学校にまで持ってきてたら、周りからなんか言われたりしませんか。こう、優等生のイメージとか」

恭二としては、それこそ、受け取ってもらえるだけで良かった。使ってくれるというならそれに越したことはないけれども、まさか学校にまで持ってきているとはちょっと意外だ。『オトナ』らしい振る舞いをことのほか気にしている柚月のこと、人前でこんな子供っぽいアイテムは持ち歩かないと思っていたのに。

「まあ、確かに私のイメージとは合わないかもしれませんね……」

ふっ……と髪を掻《か》き上げ、優雅に瞼《まぶた》を伏せてみたりする柚月。クールな女か何かのつもりだろうか。

「教室でも、質問攻めにあって大変でした……。とはいえ、嘘《うそ》をつく必要もないことですから、『彼氏にもらったんです』と正直にお答えしておきましたけど」

「……え？　ええと、それって……」

「ああ、大丈夫ですよ。真山くんの名前までは出していませんから。こういうことは、おいそれと言いふらすことではありませんしね！　そういうのもオトナの恋愛ですからね！」

柚月はなんか嬉しそうだが、恭二は一気に、背中に汗が浮くのを感じる。

そりゃあ元々、柚月はモテると噂《うわさ》だし。彼氏がいる、という話なら、恭二だって過去に小耳に挟んだことがある（結局大嘘だったわけだが）。

だから、それぐらいのことで騒ぎになったりはしないはず……とは思うのだが。問題は、その相手が誰だか知られることで。

「……大丈夫ですかね」

「何がですか？」

きょとん、と、柚月は呑気《のんき》に瞬《まばた》きなんぞしている。本当に大丈夫なんだろうか。周囲の噂になるようなことになったら、困るのはどっちかといえば柚月のほうだと思うのだが……。

「もう、また変なことを言い出して……真山くんはやっぱり子供ですね。これからも、私が色んなことを教えてあげないと！　ふふふ、安心してください。私はオトナですから、ちゃーんと責任は取りますよ！」

「先輩、それだと別の意味に聞こえますよ」

指摘した途端、はた、と柚月の動きが止まった。

それからあとは、いつも通り。パクパクと酸素を求めるように口が動いて、徐々にその顔が真っ赤に染まっていき。

「きっ……今日のところは、このくらいで勘弁してあげます！」

あとがき

初めましてお久しぶりです。滝沢慧《たきざわけい》です。

おかげさまで、『保健室のオトナな先輩、俺の前ではすぐデレる』。2巻も無事に発売することができました！

これもひとえに、読者の皆様の応援のおかげです。

いつもいつも、本当にありがとうございます。読んだ方に面白いと思っていただけることが、作家にとっては一番の喜びです。

今回も、楽しんでいただければ幸いです。

では、紙幅も尽きましたもので、早速ですが謝辞に移らせていただきます！

担当のTさん。今回の原稿作業は、私のほうが体調を崩し気味だったこともあり、スケジュール面など大変ご迷惑をおかけしてしまいました。無事に発売まで辿《たど》り着けたのはT

さんのフォローあってこそです。いつもありがとうございます。

イラストの色谷あすか先生。スケジュールが厳しい中、1巻に続き素晴らしく可愛《かわい》らしいイラストをいただき、誠にありがとうございます！　口絵の○○柚月《ゆづき》は最高の一言で、あのシーンを入れて本当に良かったと思いました。改めてお礼を申し上げます！

『カノンの恋愛漫画』チャンネル様、そして漫画動画の作画を担当してくださったｍｅｇｕｍｉ先生。公開中の1話、2話、共に大反響をいただいているとのことで、本当におめでとうございます、そしてありがとうございます！　今後もますますのご活躍を応援しております！

最後に、シリーズを応援してくださる読者の皆様へ。2巻、楽しんでいただけたでしょうか。少しでも楽しい時間を過ごしていただけたなら、大変嬉《うれ》しく思います。

それでは。

二〇二二年六月某日　滝沢慧

お便りはこちらまで

〒一〇二−八一七七
ファンタジア文庫編集部気付
滝沢慧（様）宛
色谷あすか（様）宛

富士見ファンタジア文庫

保健室《ほけんしつ》のオトナな先輩《せんぱい》、俺《おれ》の前《まえ》ではすぐデレる2

令和4年8月20日　初版発行

著者――滝沢《たきざわ》 慧《けい》

発行者――青柳昌行

発　行――株式会社KADOKAWA
〒102-8177
東京都千代田区富士見2-13-3
0570-002-301（ナビダイヤル）

印刷所――株式会社暁印刷

製本所――本間製本株式会社

ISBN978-4-04-074618-0 C0193　◇◇◇

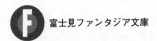

世界最強の
“不可能任務”に挑む少女たちの
痛快スパイファンタジー！
スパイ教室
竹町
illustration
トマリ

最強の初恋
シリーズ
好評発売中!
ファンタジア文庫

「す、好きです!」「えっ? ススキです!?」。
陰キャ気味な高校生・加島龍斗は、
スクールカースト最上位&憧れの白河月愛に
罰ゲームきっかけで告白することになった。
予想外の「え、だって今わたしフリーだし」という理由で
付き合うことになった二人だが、
龍斗はイケメンサッカー部員に告白される
月愛の後をつけて盗み聞きしてみたり、
月愛は付き合ったばかりの龍斗を
当たり前のように自室に連れ込んでみたり。
付き合う友達も遊びも、何もかも違う2人だが、
日々そのギャップに驚き、受け入れ合い、
そして心を通わせ始める。
読むときっとステキな気分になれるラブストーリー、
大好評でシリーズ展開中!

ありふれた毎日も
全てが愛おしい。

済みなキミと、
ゼロなオレが、
き合いする話。

ファンタジア文庫
何気ない一言も
キミが一緒だと
経験
経験
お付
著／長岡マキ子
イラスト／magako

学校……じろじろ見ないで
【朗報】
俺の許嫁になった地味子、家では可愛いしかない。
秘密の結婚生活《ラブコメ》！

ファンタジア文庫
甘えていい？
家
著者：氷高悠
イラスト：たん旦
親同士の約束で俺に嫁（3次元）ができた!?
相手は地味で目立たない同級生・綿苗結花。
「最近の推しは誰ですか!?」「遊くん…って呼んでもいい？」
趣味もピッタリ、意気投合。
しかも、慣れたら学校では想像できないほど大胆に！
彼女の素顔と、2人だけの生活は可愛さしかない!?
クラスのあの子と

切り拓け！キミだけの王道
ファンタジア大賞
原稿募集中！
賞金
《大賞》300万円
《金賞》50万円
《銀賞》30万円
選考委員
細音啓 「キミと僕の最後の戦場、あるいは世界が始まる聖戦」
橘公司 「デート・ア・ライブ」
羊太郎 「ロクでなし魔術講師と禁忌教典《アカシックレコード》」
ファンタジア文庫編集長
前期締切 8月末日
後期締切 2月末日
公式サイトはこちら！ https://www.fantasiataisho.com/
イラスト／つなこ、猫鍋蒼、三嶋くろね